岁月的甘泉
——刘晓光诗词选

Suiyue de Ganquan
Liuxiaoguang Shicixuan

刘晓光 著

经济科学出版社
Economic Science Press

图书在版编目（CIP）数据

岁月的甘泉：刘晓光诗词选／刘晓光著．—北京：经济科学出版社，（2014.1 重印）
ISBN 978-7-5141-4068-2

Ⅰ.①岁… Ⅱ.①刘… Ⅲ.①诗词-作品集-中国-当代 Ⅳ.①I227

中国版本图书馆 CIP 数据核字（2013）第 284934 号

责任编辑：凌　敏　吕亚亮
责任校对：王肖楠
责任印制：李　鹏

岁月的甘泉
——刘晓光诗词选
刘晓光　著

经济科学出版社出版、发行　新华书店经销
社址：北京市海淀区阜成路甲 28 号　邮编：100142
教材分社电话：010-88191343　发行部电话：010-88191522
网址：www.esp.com.cn
电子邮件：lingmin@esp.com.cn
天猫网店：经济科学出版社旗舰店
网址：http://jjkxcbs.tmall.com
北京密兴印刷有限公司印装
710×1000　16 开　21.5 印张　260000 字
2014 年 1 月第 1 版　2014 年 2 月第 2 次印刷
ISBN 978-7-5141-4068-2　定价：49.00 元
(图书出现印装问题，本社负责调换．电话：010-88191502)
(版权所有　翻印必究)

◆ 我在新疆当兵 1971年

◆ 钢枪在握 1972年

◆ 与战友在天山 1972年

◆ 部队复员后在北京测绘仪器厂任车间党支部书记 1977年

◆ 市计委商贸处的同事们 1990年

◆ 我与首创

◆ "一个投资银行家的自白"手稿 2004年

◆ 创业初期的首创领导班子 1997年

◆ 二次创业的首创领导班子 2004年

◆ 首创股份上海交易所上市 2000年

◆ 首创置业香港上市 2003年

◆ 首创重组八周年汇报会 2003年

◆ 集团干部在井冈山党旗下宣誓 2011年

◆ 参加达沃斯世界经济论坛 2011年

◆ 与美国通用总裁杰克·韦尔奇对话 2004年

◆ 与老布什夫妇合影 1999年

◆ 1991年代表政府赴香港募集基金的"四君子" 2011年

◆ 联想控股公司董事长柳传志先生为首创集团颁发证书 2013年

◆ 战略合作签约仪式 2010年

◆ 骨折休假期间画油画 2011年

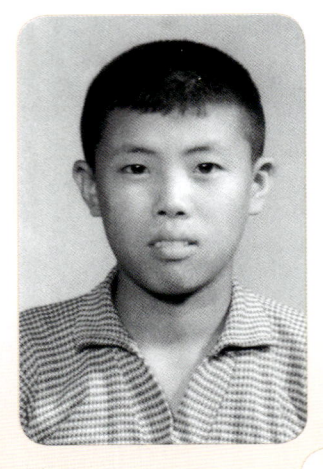

◆ 那年我10岁 1965年

◆ 我的父母和兄弟姐姐 1964年

◆ 大学同学在北戴河 1979年

◆ 出海 2012年

◆ 在办公室批阅
文件 2012年

◆ 在深圳住交会上 2010年

◆ 与我和刘菲带的部分已毕业研究生合影 2013年

写在前面的话

刘晓光不仅当过官员,做过商人,还是一个多才多艺的人。他不仅有经商的天赋,能融入市场经济的大潮,十八年来和他的团队一起,将只有几十亿资产的政府下属弱小散企业,发展为资产过千亿、名列中国500强的首创集团公司,而且还喜欢画油画、写诗,尤其是写诗。

画油画需要时间,必须静下心来,潜心构思,一笔一笔地勾勒。这种事只有他在部队当兵时出于宣传工作的需要,才能完整地付之行动,完成作品。大学期间利用学习空闲,他也画了一些画。大学毕业后,不论是在计委工作还是在首创工作期间,几乎都没有时间来重拾画笔。1980年至今,33年过去了,他只有两次提笔画油画,却是他两次得病休假的时候。一次是在1991年4~5月间,当时在北京市计委当处长,分管商贸、外资、外贸、外汇、投资等,工作超负荷。一天突发心脏不适,晕倒在办公室,后住院休息1个多月;另一次是2011年7月,不慎摔倒,锁骨骨折。由于锁骨骨折不易长好,休假三周多。这两次休病假难得有整块的时间使他抄起油画笔。所以，这几十年难得画的几十幅油画，除了一些被朋友拿去，有20多幅在一次意外发水中被水浸泡了，仅存的三幅成为他自己的珍贵收藏。

与画油画不同，写诗可以利用短暂的间歇时间，特别是出差的途中，飞机上、汽车上，少则七八句的韵律诗、多则像长篇大论的白话诗、自由诗、散文诗，他都乐此不疲。这种爱好成为他抒发情感、宣泄激情、与友共学的最好方式，也成为他人生心路和经历记录的方式之一。

本集收录的450余首诗词手记，都不是在办公室写的，更不是在书斋中写的。除当兵时的军营诗和大学期间的北戴河纪行诗外，都是他在工作出差途中、在项目考察中、在与国内外商家谈判中写的。有的是坐车时写的；有的是在飞机上写的；有的是在餐桌上写的。有时感触诗性，顺手拈来，写在酒店的便笺纸上；写在商店的货品记录单上；写在餐巾纸上；甚至写在飞机上的清洁袋上……。好在后来手机功能越来越强大，他可以在手机上随时随地记录他看到、听到的信息，写下自己的感受。在他的手机里，存满了他写的诗和手记。

看刘晓光写诗，你可以感受到他的执著、勤奋和激情。

执著，是他在项目考察中、工作谈判中，甚至与人的交谈中，他都可以不断地俯首记录，然后利用坐车的时间或吃饭的时间，将记录的信息整理成诗句，锲而不舍，独自凝思，没有人能够阻止他，写不完不吃饭。记得一次在聚会的饭桌上，大家已经举杯喝酒了，他还闷头在手机上写诗，无奈大家开玩笑地说，我们喝酒，你写诗，你的酒我们替你喝了。他就是这样执着。

勤奋，是他随手记、随手写，走路也写，从来不知疲倦。别人在工作、谈判之余，总是利用时间休息，而他却不停地在手机上书写着，吟诗成句，记录下看到、听到、感触到的星星点点。只有当他完成一个成果后，才会看到他快乐的睡意。

激情，这是每一个与他接触的人首先可以感受到的，写诗也是如此。当他有独特的感受时，会调动大家共同吟句；当他完成一个作品时，他会激情地朗读给大家听，与人分享快乐。大家都会被他这种精神感动着，被他的激情感染着。

晓光的诗句纯真质朴，很多近乎有些直白、写实，虽不是那样文儒、雅致，也少点古体诗那样的文采、韵律，但它读起来却让人感觉激情豪放，朴实无华。从诗句中可体会此情此景，了解当地的历史和文化。有的朋友读过他的诗后感触地说，就像跟着考察了一样，似乎看到了当地的风貌、文化和景观，也感受到了晓光的真实情感。

读着"一个投资银行家的自白"，他那颗年轻、活跃、奔放的心跃然眼前，让人能触摸到作者汩汩流动的鲜红鲜红的血；读着"首创情结"，他那炙热的献身国企改革的心愿感染着你，使你能体会他几十年如一日不懈拼搏的满怀激情，能感受他对首创"战友"的真挚情义；读着"写在女儿的婚礼"，相互致意、常回家看看的叮咛，让人感动着他那番铁汉柔情。

读他的诗，有一种"青山不动海蓝蓝"的欢快，有一种"千千万万企业家，构起绿色冰川一角"的责任；能感受到"思我中华有惭愧"的情怀，能感受到"大漠雄风"、"浴火凤凰"的血气；能感受到"险峰峭壁只等闲……个个天兵飞如箭"的豪放，能感受到"红酒更比烈酒甜"的苦涩；能感受到"人生苦旅踱步，终是一缕清风"的感慨。

读他的诗是一种体会，是一种学习，是一种身临其境，更是一种真挚品格的体验。

红 云

2013 年 11 月 9 日

目　录

第一篇　军营壮志 / 1

军营历练　十首 / 3
军营抒怀　二十首 / 5

第二篇　首创情结 / 11

我心中的首创集团 / 13
赠国宪 / 15
赠小潘 / 16
送昌健上任 / 17
送小潘赴加拿大 / 18
我们心中的大哥 / 19
塑造一个什么文化的首创集团 / 20
首创置业香港上市十周年有感 / 24

第三篇　资本激情 / 25

一个投资银行家的自白 / 27

英伦上市路演 / 28

意大利商务谈判纪实 / 31

来自罗马政治经济办公室的信息
　　——即听即写随笔 / 32

2004 达沃斯论坛　三首 / 34

参观圣保罗水务公司 / 38

多伦多随想 / 40

规划的反思 / 42

中意合作随想　四首 / 43

国企难在哪 / 47

望黄浦江 / 48

美国路演 / 49

奥特莱斯的梦想 / 51

过江北看"龙袍" / 52

闯中东资本市场　四首 / 53

同台湾企业家谈话有感 / 55

飞驰查尔汗　三首 / 56

2011 达沃斯论坛感思　二首 / 57

谋式与谋略 / 59

给创业家画像 / 60

踏浪愉景湾 / 62

在伦敦与美国亚瑟奥莱谈判　二首 / 63

叠泉四君子 / 66

2013 亚布力论坛 / 66

阿拉善新会员入会　三首 / 68

第四篇　江山讴歌 / 71

版纳，我的太阳　三首 / 73

游喀纳斯湖 / 75

内蒙古草原行 / 77

遍地英雄下崂山 / 79

腾格里达来　三首 / 79

呼伦贝尔大草原　二首 / 83

额尔古纳行　四首 / 85

贵州西江苗寨 / 87

温州雁荡山　五首 / 88

四川磨西镇　四首 / 90

重庆金马湖 / 91

呼和浩特行　三首 / 92

台湾感悟　十六首 / 93

成都行　三首 / 99

太原五台山行　十首 / 100

长沙湘江行　三首 / 104

赴德阳 / 105

青海文都庙　二首 / 105

熊猫宝宝 / 106

中秋南京　二首 / 107

九寨印象　八首 / 108

台湾故宫南宋书画展 / 112

青海大柴旦 / 112

赞武汉　二首 / 113

郑州开封寻古　四首 / 114

西双版纳野象谷　二首 / 116

亚龙湾拂晓观海 / 117

春节广州行　三首 / 118

海派生活好梦乡 / 119

天兵飞如箭 / 120

海南文昌宋氏故居　二首 / 120

西藏行　二首 / 121

京郊农院　二首 / 123

葫芦岛龙湾沙滩　二首 / 123

稻香湖　三首 / 124

秋晨香山　二首 / 126

重游十渡 / 128

锦溪古镇 / 129

上都湖——燕北大风歌　四首 / 130

木仁高勒苏木草原 / 133

春节在海南　二首 / 134

海南看海　五首 / 134

新年登慕田峪长城 / 138

鹭岛皓月 / 139

香港大屿山 / 140

又进藏　九首 / 140

惠州西湖吟 / 145

蒙古包阿拉善 / 146
朦胧之中看帆影 / 147
腾冲游记　八首 / 147
翠湖湿地　二首 / 151
佛山行　二首 / 152
兰州西宁路上　三首 / 153
赞砂锅居 / 154
走进神农架　十四首 / 155
昆曼高速 / 161
无锡惠山古镇 / 161
野象谷抒怀　二首 / 162
惠州红花湖 / 164
游海潮寺 / 165
罗浮山游感 / 165
韶关行　二首 / 166
香港西贡码头 / 167
雾霾东湖 / 168
成都蜀南竹海　五首 / 168
福建行记　五首 / 170
往上都湖路上　二首 / 173
锡林郭勒大草原　二首 / 176
安庆行　四首 / 178
滇池云岭有感　二首 / 179
湘西美神山——张家界　七首 / 180
重庆缙云山　八首 / 184
阆中古城　三首 / 190

往东戴河　二首 / 191

第五篇　国际感怀 / 195

博斯普鲁斯海峡 / 197

雅典奥运村 / 198

英伦南海岸　二首 / 199

斯德哥尔摩市政厅 / 201

北欧行　二首 / 202

再见吧，惊魂庞贝 / 203

罗马市政厅长官的讲演 / 206

从皇后城到米尔福德峡湾　二首 / 207

印度行　二首 / 210

英国思考　三首 / 211

美洲考察纪行　七首 / 214

柏林随想　三首 / 228

斐济行　二首 / 230

哈德逊河的联想 / 232

六月宏观论点 / 233

美国服务业的秘密 / 234

飞车荷兰村 / 235

迪拜巴林有感　十首 / 235

瑞士感怀　五首 / 239

法国纪行　九首 / 241

与日本商人谈判　二首 / 244

纽约东区　二首 / 245

英国行　十一首 / 247

美国考察手记　六首 / 254

法国见闻　十二首 / 262

第六篇　人生梦想 / 277

北戴河畅想　十八首 / 279

难忘1976　五首 / 283

教堂画中林 / 285

版纳悠然台 / 285

阿拉善生态协会——企业家的盛会 / 286

把酒诉衷言 / 287

看病难 / 287

上海昆山学习考察　三首 / 288

博鳌论坛忙中偷闲　二首 / 290

大柴旦的梦乡 / 291

景洪野象谷　二首 / 292

七绝·善行天下 / 294

高山看雪 / 294

五律·击涛人生 / 295

葫芦岛沙滩回想　二首 / 295

无题 / 296

悼念父亲　二首 / 297

大海的儿子 / 299

除夕与朋友共聚晚宴 / 300

又回亚龙湾　二首 / 300

写在 2012 情人节 / 301

亚布力过生日 / 303

晓华甲子生日聚会 二首 / 304

阿拉善之歌 / 306

珍珠与往昔 / 307

写在女儿的婚礼 / 308

花思 二首 / 311

创业十八年感言 / 312

寄语同窗
　　——写在大学毕业 30 年同学聚会 / 314

同学情 / 314

第一次回乡 三首 / 316

提香梦吟 三首 / 320

写给刘菲 59 岁生日 / 322

湖边吟 / 323

妈妈接送女儿三十年 / 323

雾霾反思 / 325

绍兴观兰亭与沈园 二首 / 326

胡杨颂 / 327

后记 / 330

第一篇 军营壮志

军营历练 十首

1973年1月—1974年6月

1970年12月，年仅15岁的我，在严父安排下，参了军，扛起了枪，离开了父母，远离了北京，奔赴新疆部队，直至1975年复员转业回到北京。

七绝·待命塔城

三九待命塔城东，大雪覆盖炉火红。
天寒地冻红心热，钢刀出鞘障北熊。

七绝·沙漠行

西国夜寒马踏沙，红柳似火漠中扎。
我为祖国练走打，步履艰行静不哗。

五律·夜宿乌波西

野营千里外，夜宿乌波西。
明月映军装，战士鼾声啼。
心红领章红，春芳嫩草绿。
猛听军号声，持枪速跑去。

七绝·雪山松

碧针铁骨数丈高，狂风暴雨不动摇。
不知美景谁画出？天山雪水把她浇。

五律·无题

十月天山雪，寒上更加寒。
放歌唱祖国，春色心中见。
转战随三军，梦中抱枪杆。
愿洒青春血，只为保江山。

七绝·天山北行

天山雪后凛风寒，雪沟冰坂行路难。
涧中演兵二十万，一夜之间过天山。

七绝·西塞抒怀

风尘仆仆下西州，戍边士气壮心酬。
男儿四海为家志，吾用鲜血写春秋。

七绝·野营路上

野营路上沙似雪，脚下滚烫背骄阳。
不知谁吹望梅曲，战友个个心清凉。

出阳关

俄人重兵压，弃笔出阳关。
纵凭功不就，激情满胸间。
过了武威城，放眼无平原。
红柳示寒意，戈壁无人烟。
既闯西关道，还惊火与剑？
我爱我国土，要普凯歌篇。

望伊犁城

有幸到边界,眼望伊犁城。
西国多少地,不如此城美。
春风吹绿波,悠悠江南风。
可恨真耻辱,沙皇强割去。
血誓要收回,愿献小兵魂。

军营抒怀 二十首

1973 年春节—1975 年 3 月

七绝·话新年

火树银花旧岁除,腊梅吐红闹春风。
新年要做新年事,旧事惊心忆梦中。

五律·为回京战友送别

列车烟雾浓,飞驰直向东。
默回营房晚,难提此夜寒。
天山雪已融,万里念家乡。
虽属同路者,个个都已飞。

七绝·洗衣

淙淙溪水静细流,战士洗衣坐上游。
小溪才露青石角,早有鱼鹰立船头。

五绝·巴伦台抒情

悬崖青石断，涧底小溪通。
雪松生云迹，"越野"行雾中。

五律·吐鲁番行

少年思吐番，今日得志看。
漠中一宝盆，净耳听泉声。
果子沟连坡，奇花尽颜欢。
盆地何处尽，抬头火焰山。

伊犁之行思

伊河上红日，碧水送轻舟。
远听嘶马声，河水更激流。
展开千里目，边疆多锦绣！
岸花红似火，草毯绿油油。
伟大祖国好，双眼看不够。

七绝·塞上放歌

片片白雪巡逻还，塞上放歌战友间。
借问雪莲开何处？春风一吹满冰山。

七绝·边疆词

边城春降羊北移，草原嫩草渐生齐。
无数驼铃过塔里，我骑战马到疆西。

七绝·过中原

青柳条条多轻柔,木舟竞发更自由。
四月踏上中原路,香花无数满中州。

火车呀,慢些走

火车呀火车你慢些走,
再让我望一望离别的战友;
回想起艰苦的军旅,
热血沸腾,拉住了亲人的手。

这心里有多难受,
泪水止不住地流。
火车呀火车你快些走,
别让那刀剑再绞我心头。

回想起火热的生活更加难受,
握紧了亲人的手。
这心里有多难受,
泪水止不住地流。

思念吧,亲爱的首都北京,
再见吧,即将离别的战友,
流不尽的眼泪,
说不尽的知心话。
火车一声长鸣,
咱们就分了手,泪水止不住地流……

七绝·访藏民

阿里山中两三家,见客挤奶忙沏茶。
深感边疆人民亲,更知斑公是天涯。

七绝·斑公湖上

中印边界低云走,斑公湖上白鹭飞。
西陲水兵独一支,戎卫圣士显神威。

七绝·重游昆明湖

游作新词气息新,战友歌唱我拉琴。
歌终船过十七孔,回首玉带桥波粼。

游碧云寺

奇心赶到罗汉门,铜锁紧扣久不开。
古风宝艺关不住,爬墙看到罗汉来。
国民谁无权利看?长期封锁奇怪哉!

五绝·驱车日克则

沙洲千里浪,天山万里雪。
岭头拂红日,备战储弹烟。

五律·离边疆

塞边红旗展,新兵驻雪山。
高峰耸入云,清溪流脚边。
前抒少年志,老兵又变化。
今朝辞边疆,五湖皆为家。

七绝·新春思旧

雄鸡报晓天欲明,包好水饺开酒瓶。
新年想起旧岁事,轻拂窗帘看晓星。

七绝·凯歌篇

雪莲花开日更晴,甘陕晋豫日夜行。
风光超过来时路,添得回京凯歌声。

五绝·东行嘉峪关有感

箭楼衬云峰,始皇明深浅。
千古仍屹立,尽头嘉峪关。

返京抒怀

慨然抚钢枪,战士岂念生?
誓与黑熊斗,迎风踏雪行。
阿里扎军营,险峰掠铁蹄。
卧冰把武练,西陲纵神兵。
昔日西国动,今日又返京。

第二篇　首创情结

我心中的首创集团

2012年1月

2012年1月12日,首创集团在新大都召开集团年终工作总结大会,并安排2012年工作。席间,回顾走过的17年,心潮澎湃,激情满怀,赋诗一首,感怀我心中的首创集团。

那是十七年前的春天,
一场暴风雨,
把我们拍打到市场经济的大海边。
头上是阴云,心中是迷雾,
我们开始摇动那还没有方向的旧船。

没有产业,
没有资源,
没有金钱,
只有一颗火热的心,
只有一双握紧的拳。
我们是谁?我们能干什么?
两个轮子[1]将把我们送上辽阔的蓝天。

金融牌,上市壳,
抢资本险滩,
五三二[2],构产业,
排生存万难;

站在国际巨人的肩膀上，
我们扬起了雪白的风帆！

置业、股份上市，
使我们闯过了资本的难关；
品牌的塑造，
又使我们进入了大投资者的眼帘；
一百多亿的开行贷款，
把我们推到世界投资界面前；
十年的五百强，
沉甸甸的信誉穗，
结的果实粒粒饱满。

啊！风风雨雨的十七年，
我们长大了，我们富足了，
我们让世界知道了我们是谁？
我们自豪地走过神圣的从前！

从地平线上远望，
那是青松，
那是艳阳，
那是我炙热的生命，
那是我心中的首创集团！

［注］1　两个轮子是指"以投资银行业务为主导，以实业为基础"两个轮子相互驱动的企业发展战略。这是首创集团在1997年1月提出的产业发展构架。

［注］2　2001年首创集团提出"二次创业"，2003年提出"五三二"产业发展与资源配置战略，是指50%的水务、基建产业；30%的地产；20%的金融产业。

赠国宪

2010年3月

2010年春节后,我的助手曹国宪调任首创股份副总。对小曹八年的总经理秘书工作思绪颇多,夜不能寐,半夜12点多钟给国宪发去短信。

(一)

辅我运作国际化,风风雨雨已八年,
欧洲北美满天飞,高盛大摩忙洽谈。
见了黑石拜基金,国际私募紧周旋,
零三"非典"强路演,翠宫指挥上市战。

英伦美西做路演,逆市飘红振香港,
全球资本风云起,国际构架作保障。
管我翻译和生活,穿梭业务项目忙,
多少日夜飘云中,首创品牌五洲扬。

(二)

八年驰骋商海颠,苦乐一年又一年,
陪我走遍全中国,考察谈判参论坛。
风风火火把账算,电话电脑传信息,
助我扬起胜利帆,血脉相通共凯旋。

（三）

经济动物工作狂，血压不稳高血糖，
一年要住几次院，腰僵腿软日日忙。
多亏国宪勤照顾，步步伴我走疆场，
盯我吃药看医生，出差随我舍家乡。

肯尼亚国走丛林，沙漠帐中入梦乡，
夜飞海南见书记，湖南投水奔湘江。
阿拉善盟共治沙，私募融资唇舌枪，
同心悉心呵护我，共思彩云尽飞扬！

赠小潘[1]

2010年3月

2010年春节后，集团人事调整，俞昌健、潘文堂分别调任首创股份总经理和首创集团副总，感慨十几年的竭诚合作，赋诗表心情。

十七年前艳阳天，资本市场扬风帆，
带着重托飞港岛，创建基金打前站。
中环楼中穿梭忙，融资五亿立新篇，
风餐馅饼喝冻水，英雄出自美少年。

历史回到十年前，构造股份又扬帆，
白手起家争上市，小楼小路做概念。
募集资金三十亿，水务定位排万难，

大岳咨询做顾问，创业投资舍家园。

争分夺秒抢资源，打造上游价值链，
千万吨水遍中国，池池碧水映蓝天。
环保军中领头羊，不做小舟做大船，
十年白了少年头，倾心注血磨一剑。

一纸红文到集团，新征程中新挑战，
回首旧事有千难，尔吾奋斗创新天。
真想再造新首创，六零后人多分担，
资本动作要领先，不可减锐从儒家。

棋盘布局要缜密，战略意识要超前，
思路手笔要大胆，战略目标要落地。
铿锵无语沙场练，市场价值市场见，
商人激情常涌动，新境新天写江山。

[注] 1 小潘即首创集团原副总潘文堂。

送昌健[1] 上任

2010 年 3 月

风雨同舟十几年，心心血血为集团；
点点滴滴筹资金，风风雨雨保循环；
老老实实做事业，辛辛苦苦解困难；
高高兴兴上任去，再次创业干五年。

[注] 1 昌健即俞昌健，现任首创股份总经理。

送小潘[1]赴加拿大

2012 年 11 月

那是二十二年前的一天,
计委来了个帅小伙儿姓潘。
青春灵动的面孔,
才思敏捷的青年;
研究生的学历,
报效国家的忠胆。
勤学外资、外债、外事,
很快有了"业务精"的光环。

小平南巡那年,
血气方刚的小潘压上了重担。
单程去香港,
扬起融资的风帆!
跑投行,
吃馅饼,
喝冻水,
闯过了基金上市的难关,
交了沉甸甸的答卷,
吃起了资本市场的热饭。

回京不久，
又挑起了上市公司的重担。
定战略，干水务，
一晃又是十年。
为了家要飘洋过海的小潘，
首创永远是你的家，
别忘了常回家看看！

［注］1　小潘即首创集团副总潘文堂。2012年11月小潘因工作变动离开首创，心里依依不舍。在集团送别会上，我写下此诗送别小潘。

我们心中的大哥

2012 年 12 月

2012年12月6日，首创部分员工为原董事长林豹过70岁生日，席间我赋诗一首祝贺老林寿辰。

岁月如梭，
二十八个年头已过，
给林总过生日，
我们的心是那样的炽热。

计委的掌舵，首创的开拓，
战略的胆魄，艰难的拼搏，
撑起重组的大旗，
奏起新国企的凯歌。

首创是林总创始的,
林总永远是我们的大哥。
我们不会忘却那艰苦的岁月,
我们会永远心系林总,
用友爱的灵魂和脚步,
在大家庭中,
永远像亲人一样把美好未来走过。

塑造一个什么文化的首创集团

2013 年 1 月

　　2013 年 1 月下旬,北京市政府任命我为首创集团党委书记、董事长,并新任命了首创集团的总经理。时值春节前夕,在集团团拜会暨新老交接的聚会上,我以诗的形式宣示了首创集团创建 18 年来形成的企业文化。

风雨激荡的十八年,
首创是一个什么样的文化价值链?
"忠诚、合作、创新、效率、久远"。
创业初的首创文化,
就是这样的鲜明、简单!

那时的首创人,
来自四海五湖,
为生存而日夜卧薪尝胆;
人人充满着激情,

永不言败，挺着腰杆，
是那样的敢为天下先！

那时的首创人，
有着明确的工作、生活目标，
是非分明，埋头苦干；
那时开一次发展研讨会，
大家都会激动好几天，
励志践行，气宇昂轩！

那时的首创人，
爱护首创品牌就像眼珠一样，
心向一处，士气凝炼，
上下联动、令行禁止，
共谋未来，绝不懈怠，
精心维护着发展大局的全盘。

2003重组第八年，
我们响亮的口号是"创新在每一天"，
"观念、战略、摸索、创新"，
大话虚事，莫做免谈！
创新在每一天，
就是首创人的核心理念。

企业不是一帆风顺的，
PM2.5有时也会笼罩蓝天。
突发事件的出现，

企业爬坡的艰难，
胜利红旗的飘扬，
也会使企业文化的色彩，
发生着潜移默化的裂变。

讲真话少了，
推诿拖沓多了，
少了全局战略的棋一盘；
奖惩不明了，
惩罚手软了，
业绩在上升，激情在锐减；
保守封闭多了，
各自为政了，
也出现了利益小圈。
点点滴滴的文化变异，
直接影响着"创新在每一天"。

时代在变革，
企业在发展。
今天的首创人，
经过了历史的洗礼，
闯过了起伏跌宕的磨难，
打造优秀的企业文化，
形成更好的企业价值观。

首创人的核心理念，
就是"创新在每一天"！

人人聚思维，
事事可研判，
鼓励大家去摸天花板，
敢于担当，立志永远，
荣辱与共，共享同担，
协同作战，求实进取，
永不言弃，激情涟涟；
吃苦耐劳忠诚，绝不骗自己不坑伙伴；
企业的利益至上，
奖惩分明的报酬合理透明，
目标导向细致，执行到位才算；
厚待员工，人人肯干，
提倡"狼性"精神，拒绝平庸懒散，
允许犯错误，
让大家畅所欲言地沟通心的彼岸；
严守承诺的心至真至诚，
创造价值双赢凯旋；
牢记对手是谁？
不弄权谋、运作规范；
拒绝利益的诱惑，
不越廉洁清正的门关；
以人才为第一资本，
以股东价值为最高评判！
为家庭富裕而努力，
也是企业永远的期盼。

我的愿景是：
让商界都知道首创，
让城市更加美轮美奂，
让"首创"精神将员工凝聚，
让首创有持续的投资盈利能力，
永远做一条吃大鱼的快船！
让创新在每一天，
永远融化在每个首创人的血液中、心胸间！

首创置业香港上市十周年有感

2013 年 8 月

2003年6月，首创置业克服了突如其来的"非典"影响，在香港成功上市，至今已有十年。恰逢置业在香港举行上市十周年招待会，回想十年历程，看着新成长起来的青年人，写下感慨。

置业上市十周年，八月香江艳阳天，
十年风雨同舟路，十年征程洒血汗，
十年创新转型路，十年国际谱新篇，
十年二代已成才，十年中年白发添。

人生还有几十年，斜阳策马回家园，
感慨商海呕心力，蓦然回首思乡甜，
长江后浪推前浪，万木霜雪又新天，
二代自有二代志，不靠父辈自凯旋！

第三篇　资本激情

一个投资银行家的自白

2004年1月19日

2003年,首创集团提出二次创业,确定了"五三二"发展战略,并于2003年下半年做了新的战略定位,要做金融控股集团。为此,准备进行国际私募和首创集团整体上市。2004年年初为集团整体上市出国做路演,在首都机场候机时写下此诗。

  他的血是鲜红鲜红的,
  他永远那样年轻、活跃,
  他的智慧是用信息、网络支撑的,
  他满脑子都是不断追求的机会与金钱。
  资产——产业——资本,
  这是他最常用的早餐,
  概念——运作——变现,
  是他不断升华的循环。

  他把丹娜的眼睛,
  蒙娜丽莎的胸围,
  戴安娜的身材组合在一起,
  塑造一个最性感、美貌的女郎,
  在最靓丽的时刻换成纯金的饭碗。

  他不断为别人找钱、挣钱,

他没有国界、业界，
他没有圣诞、春节，
甚至没有白天、黑夜。
他的全部财产是那大脑中的风帆，
他的思想永远是那么跳跃、那么超前。

面对资本的大海浩瀚，
他首先是做一个最靓的概念，
然后又盯上可盈利的资产。
做好通道去见上层，
方案最实才是无声的公关。

为了金钱，他要主动做好做大产业，
为了产业，他又不停地寻找大的金钱；
一个个特别小组的奇妙运作，
使资本市场不断出现耀眼的光环；
他时而在资产组合并购中搏击游离，
时而在资本市场上夺目鹊起。
这就是一个投资银行家，
最犀利、最机敏、最淋漓尽致的灵魂闪现。

英伦上市路演

2003 年 5 月

2003 年初春，北京出现"非典"。一时全国都在抗击"非典"。此时，首创集团旗下的首创置业正面临香港上市，"红飞鱼"（香港上市招股书）已经发出去了，如果不加快全球路演，置业上市可能功亏一篑。于是，"五一"刚过，"非典"局势还未完全消除，我们即启动了上市路演。当我们在欧美路演时，国外大基金的投资者们都对我们投以另类的目光。期间，6天飞行了5万公里，跨越了两大洲、几十个城市，与300多个投资者进行了对话。

正是由于我们的努力，抗击"非典"一结束，6月19日，首创置业以超额认购10倍实现了在香港的成功上市，成为当年最为轰动的资本市场事件。

> 伦敦路演三天，
> 尽显女将风范。
> 汇丰捷和维尼[1]，
> 首创小曹和伊莲[2]，
> 个个专业精湛，
> 人人外语流畅，
> 精致的路演时间表，
> 高效的拜访路线。
>
> 2天13个基金经理会，
> 2天100个问题的难关。
> 北京是什么？
> 北京优秀的房地产。
> 首创30%的净资产收益，
> 首创300亿销售额，

税后20%的毛利，
投资者收获的是明天的预期。

发问之中的针锋相对，
结案之时的笑语连天；
每一个问题是那么刁钻，
每一次回答要那么智慧；
基金经理还会"设套"，
我们的女将们笑脸相还。

一方是资本，
一方是打赌，
一方有热土，
一方就给蓝天。
资本与产业的对话，
总是那么苛刻，那么威严。
上市公司出路只有一个，
要不断给投资者最美的答卷！

［注］1 首创置业香港上市由汇丰银行承销。捷和维尼为汇丰银行投行部员工，参与上市路演。

［注］2 小曹是首创集团曹国宪，时任总经理秘书；伊莲是首创置业（香港）董事会秘书。

意大利商务谈判纪实

2003 年 10 月

2003 年 10 月，为北京奥运会做准备，首创和北京市公交公司赴意大利考察城市公交发展暨合作项目谈判。席间，随手记下谈判情况和所见所闻。

听对上篇解下文，开始主攻郑树森[1]，
十八米长大客车，世界销售拔头份。

一步上车踏板低，方便安全老人乐，
不光销售大客车，运输设计服务多。

公交车用天然气，大做环保概念局，
盯着北京奥运会，好好接待有预期。

经济动物玩经济，环环相扣为利益，
公交投资比地铁，公里造价太便宜。

客流运量并不少，公交站台有信息，
句句不离本车好，商人本能如喜剧。

附：有云——与晓光同悟　赵文芝[2]

环保市场齐驱动，政府企业同发展，
经济已经全球化，走向世界才领先。

官员眼界要开放，造就平台为故乡，
东方雄狮快点醒，振兴中华定实现！

亲企亲商造环境，事业发展放眼量，
调动大家积极性，公交地铁一起上。

不为权势只为民，为官一任福一方，
人人埋头干事业，唯我中华神州亮。

［注］1　郑树森时任北京市公交公司总经理。
［注］2　赵文芝时任北京市公交公司董事长。

来自罗马政治经济办公室的信息

——即听即写随笔

2003 年 10 月

罗马空间大得可把八大城市容纳，
与北京比，她还只是个"小家"。
六年来就业不断增长，
乐坏了意大利的执政党。
就业代表着人民的利益，
增长意味着经济有好的反响。

大罗马有千姿百态的行当，
工业全集中在罗马的东厢。
政府企业主要是水、电、气、热、交通，
还控制着展览中心和食品批发市场。

政府为什么开始"私营化"？
全在于服务、技术上"私营"的效率和质量。
政府视行业特点股份比例有不同，
小公司股份都可面向私人开放。

招标经营、委托经营，
各项规则都一样，
出资者代表是经济政治办公室，
他们掌握着预算、补贴的"魔方"。
价格全由政府定，
企业减税不可行。

北京——罗马企业家，
双方坦诚开话匣，
交通、垃圾和发电，
体制、机制与模型，
企业的微利是多少？
经营首席如何选？
难点问题一个个，
市场运作找答案。

2004 达沃斯论坛 三首

2004 年 2 月

（一）论坛随想

2004 年的中国新年，
我们从巴黎转机奔向达沃斯论坛。
从苏黎世乘汽车，
在兰考特坐小火车上雪山。

白雪、冰松，阳光灿烂，
薄雾、木屋，沉睡的小火车站。
红色的小火车，
载着好奇与希望缓缓走向前。

处处是积雪掩映的村镇，
路又是那么蜿蜒。
看着那雄伟的阿尔卑斯山脉，
我的思绪在汽笛声中闪现。

中国的企业家们在车厢里遐想除夕，
想念祖国，想念家乡，
想那春节联欢会，
想那美味的中国年夜饭！

一个个信息从祖国的亲人那飞来,
把我小小的手机一次次储满。
我们来达沃斯向往什么?
美景、雪山、大资本?
还是那代表世界最高水平的经济论坛?
世界在想什么?
在论什么?
在这里,全都可以听见。

从发达国家的大亨、总统,
到发展中国家的部长、总理;
从高盛到摩根,从微软到日产,
在这个大会场上全都可以看见。
到达沃斯开会对我们意味着什么?
是一个标志,一个里程,
一次国际化的呼唤!
过去我们想都不敢想,
今天,久远的向往已经实现。
过去,谁敢到国外大型论坛讲演?
今日,中国企业家也走上了世界经济论坛!
过去,我们对达沃斯只是感到新鲜,
今天,我们同一千个世界级企业家沟通、笑谈。

要走向世界,
先要有见识和气魄;
世界经济的发展,弹指一挥间,

中国人如失去今天，等于将失去永远。
只有把握机遇的企业家，
才能在巅峰中把未来呼唤。

昨天，中国人还步履艰难，
今日，中国人已登上了达沃斯雪山。
历史，推动着我们开放，
世界经济的车轮滚滚向前。
四大发明只是历史长河中的一闪，
更要看实力、看国力，
看那飞速发展的今天。

中国与发达国家比还相差甚远，
不过，我们真的已踏入了世界经济论坛的门槛。
首创先来了，要展现中国经济开放的宏愿。
一个小地方，一个大论坛，
能把世界风与中国紧紧相连。

巴基斯坦总理的演说，
克林顿总统的大侃，
耶鲁教授的讲演，
摩根大亨的发言。
从非洲难民到艾滋病，
从失业到人权，
全球经济看好中国，
我大中华成为世界论坛的焦点！
忆往昔，世界经济论坛20年，

轮回转，瞩目中国在今天！

（二）达沃斯的中国话题

瑞士小镇达沃斯，中国话题满论坛，
窗外飞雪窗内沸，唇枪舌剑论正酣。

关注中国"热不热"，外国投资会几多？
关注中国汇率变，国储外币换欧元？

关注中国能源缺，影响世界经济战，
关注中国软环境，外资来了谁赚钱？

关注中国原材料，带动全球期货变，
关注中国投资品，担心本国就业难；

关注中国高速度，美国基金找资源，
关注中国大市场，国际竞争抢时间；

整个世界看中国，谁先进入谁占先，
全球经济成一体，走向中国才赚钱。

（三）再见小镇达沃斯

五天开会十二个，场场品尝"世界餐"，
首创资料发出去，见了太多"执行官"。

加国银行办专场，首创戴上"贵宾"衔，
论坛组织望合作，决定首创做会员。

场场论坛激情扬，感受经济"全球化"，

满贯收获把家还，反派堵路出城难。

六千警察守门关[1]，绕道小路闯下山，
再见小镇达沃斯，明年此时再上山。

[注] 1 每年达沃斯论坛期间都有一些反对派人士举行活动，造成小镇交通拥堵。为疏导交通和保障参会人员的安全，当地政府派出 6000 名警察进行安全保护。

参观圣保罗水务公司

2004 年 3 月

这是美洲最大的水务公司，
处理量相当于中国的海河流域。
服务三千八百万人民，
368 个城市，
处理量是那么大，
销售市场让人惊奇。

自来水 100% 的处理，
污水也有 82% 的处理率，
确保了城市卫生水环境，
有效降低婴儿死亡率。

它是一家上市公司，
股票交易在巴西、纽约两地。
州政府是 72% 的大股东，

多元化体现不同的利益；
公司与政府签有 30 年特许经营协议，
有充分自主权，可自主定价，
没有人监督，真是"自由"的出奇。

一切在法律框架内解决，
他们说得是那么轻松容易。
垄断的资源，庞大的客户群，
市场化运作实现了企业盈利。

水价如何形成？
工业及居民用水有多大差距？
我们的市长这样发问，
用差价一倍定价是看承受力，
用户分类，财务平衡，
也是确定价格的依据。

1997 年上市成功，
2002 年发行债好戏，
募集了 7 亿多美金，
每股股价是美元 11，
43 亿的销售额，8.33 亿的纯利，
75 亿净资产，11% 的回报率。
如此高的投资回报，
全世界的水厂都无法比拟！

股东价值高明，

50%的黄金负债率，
每年3至5亿元投资，
涵养了发展能力的可持续；
每投入1个美元水务，
在医疗上有节约5个美元的"笔记"，
水——污水——中水回用，
一个水资源环保的循环持续！

多伦多随想

2004年3月

落地宜居的温哥华，
直奔那天还冷的多伦多。
薄薄的毛衣在身上，
阳光中小雨点滴，
还离不开冬天的气息。

安大略的省会城，
法国人的堡垒座，
这是那印第安的小村落。
1700镑加斧头，
纯朴的印第安人，
把那肥沃的土地卖给了英国。

这边是海一样的大湖，

那边是富得流油的美国,
这边是宁静的加国公民,
那边是到处出击的"一哥"。
那纯净的水孕育着人类母亲,
那富饶的资源发表着"可持续"的演说。

再看祖国的版图,
西北大片荒山、沙漠。
寨子文化承受不了掠夺,
落后的根源在于封关闭锁。
亚平宁平原的狭小造就了海盗,
长江的富庶也需要勤劳的黄河。

历史的机会几乎没有我们,
残酷的资源索取中我们是吃亏的小国。
今天我们不去争占资源,
世界的森林、石油、矿藏将永远不属于我。
神秘大漠的雄风,
岂能让欧美列强盖过!
中华民族的子孙,
血气方刚更多。

今天还有些机会,
冲出去参与文明的争夺!
企业为什么长不大,
公司为什么冲不出去?
真要自问,

真要反思,
真要行动,
我可爱的祖国。

规划的反思

2004 年 3 月

巴西利亚规划,设计师的"麦加",
四十年前憧想,二十世纪佳话。
圣贤众生差别,在那闪光刹那,
尺寸之间差别,人类智慧升华。

四十年的长河,反思北京规划,
棋盘中轴精彩,十大建筑精华。
苦笑一些败笔,难比巴西利亚,
法国大师气势,设计象牙金塔。

中巴双方差距,体制之中找瑕,
开放民主结果,封闭保守反差。
近亲繁殖作品,水泥垃圾造化,
失去灵魂规划,是对自然鞭挞。

权力寻租腐败,黑箱作业可怕,
民众无法监督,商人无奈斗法。
如此体制构造,窒息思想火花,
巴西经验可贵,借鉴造我中华。

中意合作随想 四首

2004年5月

这是对意大利进行环保考察。在与意大利环保部的谈判中,我们意外争取到意大利政府的1000万欧元环保基金,用于资助我们刚刚建立的阿拉善生态协会的治沙项目。

(一) 到意大利

从德国到意大利,
我们是那么紧张。
先见环保部马内利,
接着是英普基罗的晚餐烛光。

奶油面条白,干烤鱼喷香,
小鲁诺米精明,
意大利商人的激情真棒!
时差让我们睁不开眼了,
我们已快进入梦乡。

清晨起来,
早已出了红红的太阳,
我站在阳台上,
看见了美丽的西班牙广场。
小街上的名牌商店,

一个比一个张狂，
上千欧元一件衣服，
真是难以想象。

可爱的意大利国，
真是不同凡响。
件件作品精粹，
个个品牌风光，
世界大牌服装，
源自意大利故乡，
英普基罗公司就在西班牙广场。

（二）谈判

九点开始谈判，各有"长矛短枪"，
内心都想合作，50%股权不让。

都想控制管理，商人全都一样，
他想投资中国，我想赏海"登场"。

合资造就一个，基建投资"大王"，
垃圾处理急需，高速公路也旺。

中意合作双赢，投资收益分享，
抽空考察土地，青松翠柏山乡。

百万平米占地，四万平米建房，
豪华别墅用地，北京难以想象。

（三）与中意基金会谈

意中基金主席，八旬身体真棒，
前飞亚特意戟[1]，今仍活跃商场。

进取精神不灭，满头银发闪亮，
想带意国企业，占领中国市场。

意中基金董事，都是银行巨商，
都想进入中国，都在等待观望。

先期进入中国，要数罗马银行，
华伦天奴名牌，商标到处被"抢"。

无奈只好撤出，保护产权无望，
石油大亨巨贾，中国处处撞墙。

我先介绍首创，接着问题如枪，
我说大家耐心，中国正在成长。

首创四十多倍[2]，世界难以想象，
中国市场大餐，意国本应分享。

投资太为谨慎，失去大好时光，
意中基金协会，中意之间桥梁。

建立有效平台，中国机会分享，
总理风尘到场，脱稿热情演讲。

声声掷地回肠，掌声震动全场，
经济发展高速，中国和平大象。

宏观微观政策，持续调节健康，
可控稳定增长，永不称霸张扬。

保护知识产权，政府当仁不让，
全球互动投资，人民幸福安详。

[注] 1 意戟为菲亚特集团前总裁。
[注] 2 是指首创集团自1995年成立至2004年利润增长40多倍。

（四）合作设想

一个美丽滨城，一个客厅广场，
一个港口码头，四个老旧库房。
计划改成酒店，再设中国展场，
每年五百万游客，欧盟中心区向。

连接东欧西欧，四射形式开放，
一个极佳项目，一个精彩设想。
双方如何合作，要看价格市场，
真是威尼斯商人，生意寸土不让。

中意企业双方，共睡一张婚床，
关键价格合适，才有合作希望。
我方提出控股，意方回应开放，
投资还需批准，实现海外愿望。

国企难在哪

2006年2月

拿你当"附属物",
企业却得不到优质服务;
政府与企业争利,
违背了市场规律。
企业要什么权?
已成老生常谈。

企业被尊重权,
人事任免权,
收入分配决定权,
资产处置权;
机制设计权,
投资决策权,
增值收入处置权,
抵制行政摊派权。

政府也要亲商、敬商,
也要多为企业着想。
企业家为社会创造财富,
投资环境是第一暖房;
改革体制机制,

才能把企业的生产力释放。
企业不是随意摆弄的对象，
企业不是利益团体"寻租"的温床。

望黄浦江

2010年5月

清晨，
静静地坐在窗前，
看着淞江和那宽阔奔腾的黄浦江。
朝阳已起，
江水浩荡，
汽笛声扬，
黄浦江的展望，
思绪如江水泱泱。

千古往事，
不过是水上的浮沫，
无数人时代生活的飘香。
江上历史商船，
构成了上海历史演进的力量。
望着江，
看到了人类生活循环的流淌，
年复一年的日子，
向往新生活的希望，

是江水还是老酒？
引发我丝丝联想。

中国最早的民族企业，
就生在西江岸上，
与中国经济血脉关联。
李鸿章的造船，
荣毅仁的纱锭，
黄金荣的黑道，
小厂主的辛酸，
殖民地的文化，
小资气氛的摇篮，
海派文化的气势，
市场经济的乐园。
看着今天的伟岸大厦和滔滔江面，
要记住江的历史和昨天。

美国路演

2010 年 6 月

伯明翰证券的会议室中，
我们正激情地向投资者路演。
阿波罗、黑石、安联，
还有那资本大鳄索罗斯。

几十分钟内,
我们将向投资者交一份能抓住人的答卷:
我们是谁?
我们要做什么?
我们有什么优势?
我们将干什么?

请投资我们这只基金!
PE 中国的前景无限!
我们有优势项目群,
首创是幕后的老板,
每天都有最好的价值发现。

我们有最好的合伙人和团队,
优秀的结构,
敏锐的捕捉经验,
我们也是现金投资股东。
要为投资者增值,
要赚更多的钱,
我们还有快速退出通道,
独有的项目源泉,
合伙人的机制,
成功的业绩经验,
投资我们,PE 中国的前景灿烂。

奥特莱斯的梦想

2010 年 8 月

三大项目评估,完成首次私募,
股权退到七十,开始新的一步。

美元八亿入资,全速运作控股,
不断低价拿地,不断分拆得利。

两年两万亩地,价值四五百亿,
香港主板上市,开始公募融资。

精心打造五年,五十亿利预期,
市值可过千亿,创造资本奇迹。

美好前景灿烂,要有业绩前提,
项目销售为先,胜在商业管理。

资本运作为魂,股东价值第一,
塑造国际机制,立于中国一极。

过江北看"龙袍[1]"

2010年9月

上绕城，过二桥，直奔龙袍镇；
跨扬子，越滩涂，穿过八卦洲。

建四桥，尚未成，仍需把路绕；
半时辰，马蹄行，时间把握好。

六合区，千平方，江北生态美；
穷思变，超前看，新城好打造。

龙袍镇，六公里，临江大湿地；
小乡镇，三万人，全要搬新居。

看地块，江堤停，江南是栖霞；
小民居，林荫带，东边芦苇区。

要打造，生态城，最佳资源区；
元宝地，精策划，理念创第一。

做规划，找大师，风格贯中西；
低密度，超高板，搭配有天际。

纯生态，花园城，功能要配齐；
建新城，创新举，亮点彰魅力。

[注] 1 龙袍是指位于南京六合区的龙袍镇。这是当地政府即将开发的一个项目。

闯中东资本市场　四首

2010 年 10 月

（一）闯中东资本市场

路上吃个麦当劳，热浪之中向北跑，
踏沙去见投资者，心诚路演路遥遥。
横穿戈壁学红柳，腹饿头晕汗水流，
沙丘边上一小楼，简朴楼中有机构。
好像进了大队部，赶紧开谈引资秀，
中东实投中国少，实质入资需交流。
大漠多像阿拉善，还有基金往外投？

卡塔尔国人工岛，高档小区气势豪，
土地皇家全垄断，二级开发商人倒。
四千美金高级寓，名品名店名车跑，
蓝海游艇筑鸟巢，只为募资引凤鸟？
西湾大建 CBD，六年高楼拔地起，
原来只有希尔顿，如今地标创奇迹。
只是楼空少租客，先投巨资再编戏。

（二）资本市场诚为先

海湾六国石油富，十八万亿美元库，
大量财富投海外，引资融资高速路。

政府主权基金重,引领其他投资者,
运作规范程序严,股市转移投亚洲。
万众瞩目资金流,品牌信誉是前提,
资本市场诚为先,首创应该像凯雷[1]。

[注] 1 凯雷即美国凯雷投资集团,是全球最大的私人股权投资基金之一。

(三) 投资我们吧

明亮的会议厅,
面对着阿布扎比基金八人,
地产、酒店和基建,
先谈我们的基金投资品。
我们是谁?投什么?
有什么优势?
我们是最好的投资品;
首创是主投资者;
有退出的保证;
一流的土地,优秀的业绩;
国际化的管理团队;
合伙人的管理机制。

投资我们——中国地产前景灿烂,
面对问题,我们一个个给出答案。
交易前的质疑,是那么尖刻,
回答又是那么响亮;
募一支基金有多难?!

我们是金路，我们是银管；
投资我们吧，
进入中国最优的跳板。

（四）同中东皇室打交道

私募中介商红桥，向我路演做报告，
他们来自老摩根，中东皇室打交道。

有钱有势大客户，关系深厚快通道，
私募技术娴熟握，核心投资是至宝。

我要两次去路演，信誉加上项目表，
专业分工求精细，利益分割多奇妙！

同台湾企业家谈话有感

2010 年 10 月

威盛电子王雪红，思维敏捷快如风，
早年留美涉重洋，投资 IT 新引擎。

拳拳赤子中国芯，敢与英特争雌雄，
资本市场作股王，巨资研发无底洞。

维系领先要流血，只为中华科技兴，
须眉不忘报国志，木兰之心热血浓。

国家战略要扶持，打开市场化坚冰，

知识产权要维护,助我神州大漠风。

飞驰查尔汗 三首

2010 年 11 月

(一) 飞驰查尔汗

铁马飞驰查尔汗,盐钾集团势非凡,
钾肥设备百万吨,几百公里大盐田。

千里银桥钾肥过,洒向祖国亿亩田,
农业耕作离不了,科技手段补自然。

欲要掌握"青"资源,必须先占大盐田,
资源稀有众人抢,兵贵神速吾占先。

(二) 大漠将军

飞到葛尔木机场,蓝天下洒满阳光,
黄沙戈壁的恐惧,河流淹没的地方。

青藏高原的明珠,有色资源的王国,
钾盐锂镁硼宝藏,沉睡万年无人望。

酷似钟乳白盐花,向着太阳似石菇,
流过鲜血的铁路,踏着戈壁奔天堂。

望着那棵棵红柳,燃起胸中的理想,

做一个大漠将军，实现征服的愿望。

（三）穿越魔鬼城

穿越凄凉魔鬼城，一池碧湖小柴旦，
茫茫戈壁有蓝玉，翡翠远眺大雪山。

比我人类小蚂蚁，悠悠远古挡金山，
天边浩荡无人区，苍穹绝壁自肖然。

大小柴旦有湖主，扬起资源小白帆，
十年创业写人生，抽干湖水产硼酸。

2011 达沃斯论坛感思　二首

2011 年 1 月

（一）踏雪上论坛

星夜踏雪上论坛，注册中心领胸牌，
急找中餐订座位，宫保鸡丁解解馋。

站前小街灯红绿，深夜住进小酒店，
四层小楼白落地，幸亏还有卫生间。

商人高价宰商客，一年只有这几天，
踏雪履冰进会场，先听透视中国篇。

观点泛泛太浅显，无新少意论明天，

想听创新新进展，无人翻译为省钱。

上午失望抽烟去，期待后续有新篇，
下午继续参论坛，美国重塑看风向。

一怨低估人民币，二怨美国失业源，
中美学者会上争，面红耳赤论江山。

开幕式上有创新，艺术家奖好新鲜，
俄国总统开讲演，先谈机场大事件。

警告恐怖主义者，俄国强大有铁拳，
俄国早已私有化，改革十条有方案。

吸引各国投资者，美好憧憬一件件，
吸引人才开绿灯，俄国创新有新面。

（二）灵魂向天

灵魂向天上飞去，
脚步还在苏黎世湖畔。
一百多家私人银行，
几十个保险公司，
安静地等着富人把门敲响。

金砖铺的地板，
白玉镶的门面，
在这里钱可以生钱，
在这里穿着富人们的千针万线。

富人们挣钱，
银行家们打理钱，
人类总有一伙人在玩着这样的循环。

可大半的穷人，
只能想着一日三餐，
富人们快死时钱没花完，
穷人们临终时还把钱欠？
这都是幸福和悲伤的挽联。

放下笔，抬头看，
碧绿的湖，蓝蓝的天，
漂亮的小房子，
摆满了青青的大湖边。
那是富人投资挣来的，
穷人没有资本，
只能、只能瞪着眼，
然后、然后又回到寒冷的岸边。

谋式与谋略

2011年5月

2011年5月9日，北京市国资委总经理培训班举办战略讲座，由解放军战略专家讲军事战略，其中提到战略谋式（谋略）有5000多种。

下午讲谋略，五千多谋式，
智谋是财富，影响划时代。

知源又知史，知功又知误，
谋略会妙用，治国奇用兵。

顺时善应势，先谋后行动，
利害相权衡，优劣互防攻。

观察加预见，创造加思辨，
智慧照沙场，缜密新思维。

给创业家画像

2012 年 4 月

应优酷网邀请，2012 年 4 月 8 日参加在上海举办的第二届中国婴童产业创富大赛当评委。会前主持人希望我以创业为题写首诗。该诗写于 4 月 7 日飞往上海途中。

谁都不甘心一辈子给别人打工，
但又有多少人能成为创业家？
敢上天揽月的梦想者，
欲下洋捉鳖的挑战者，
天生跳跃式的思想者，
富有激情的寻路人。

瞬间的灵感，

超前的意识,
他们琢磨未来会发生啥?
比智力更宝贵的直觉,
比狼更敏锐的商业嗅觉,
弄潮儿总是在潮头沐浴着冲刷。

他们身上闪耀着独创性的火花:
不拾人牙慧,
不安于现状;
有说干就干的雄心,
做事出奇的果敢胆大,
这,就是创业家灵魂再现与升华。

他们在惊险的一跃中,
执着地追寻,
不达目的绝不罢休。
他们愿担负起自我和社会的责任,
在茫茫商海中求索,
在夹缝中渴望求生拼命搏杀!

他们为立足市场,
为获得金钱和机会的奖章,
在奔波中献出青春年华,
在挤压下生存长大。
他们是社会的拓荒者,
在困境和冷嘲热讽中结果开花。

虽然一个痛苦接着一个痛苦，
跌倒了再往起爬，
但在梦想中，
他们找到豁然开朗的大道。
虽然，每次站起来都带着伤痛，
但历练后，飞得更高，做得更大！

要么被熊熊烈火烧焦，
在一缕青烟中灰飞殒灭，
要么涅槃成一只浴火的凤凰，
在燃烧的烈火中脱胎升华。
这就是画像的彩虹，
这就是风雨中的创业家！

踏浪愉景湾

2012年5月

坐游艇踏浪愉景湾，忆往昔回想二十年，
北风烈南下发基金，五品官人穷志不短。
玩资本犹如船破浪，融资路漫步走山关，
人生苦挣钱要拼命，明智者早占资本滩！

在伦敦与美国亚瑟奥莱谈判 二首

2012 年 7 月

美国亚瑟奥特莱斯是全球最大的奥特莱斯连锁企业之一。我们因准备在中国做奥特莱斯（简称奥莱），通过朋友联系，在英国与美国亚瑟奥莱进行商业沟通。这是第一次和美国亚瑟奥莱接触。谁知，第一次接触就遇到令我们难堪的事情，美国商人的傲慢令我们愤怒。

（一）令我难堪的一顿大餐

在伦敦的意大利餐馆，
美国亚瑟奥莱的兆伊[1]，
请我们吃了一顿令我难堪的大餐。
海鲜头盘，红烧大虾，
边吃边开始了我们之间的会谈。
兆伊滔滔不绝地表现着他，
根本不把我们——他请的客人放在眼下。

"来伦敦干啥"？
"谈奥莱和地产基金"。
"你们不是很有钱？还来伦敦找我要资源？
亚瑟要做最好的奥莱，
不会去解救你们，吃你们为住宅做的剩餐"。

"中国人均美元五千，
美国已是四万，

中国奥莱有那么大市场？
收入还不够吃饭！
你若同意我的观点，
明天十一点半见；
你若不同意，
完全可以结束谈判"。

作为贵宾，
从未遇到这样的难堪！
一个美国总裁，
狂妄的没深没浅。
真想拍案而起，
已经怒发冲冠！
不懂中国国情，
好像中国人在乞求要饭。

实在按捺不住，一连两支香烟。
还是去吧，
告诉他什么是中国市场，
告诉他，首创也不是薄命红颜。
也许他是一种策略，
也许他是一个试探？

[注] 1 兆伊是美国亚瑟奥特莱斯集团总裁。

（二）美国商人的老谋深算

第二天的中午十一点半，

我准时到亚瑟公司同兆伊相见。
他客气多了，
有了不情愿的笑脸。
李唐讲中国市场，
我讲首创战略宏愿，
双方目标是一致的，
多元的品牌构成，
占领无人竞争区域，
做最好的奥莱中国品牌。

兆伊听后发言，你们要怎么干？
我讲一要管理，二要纯正品牌，
三要好价差，四要长远货源。

老兆伊狡猾地说：
可以同你们干，
但不能上保险，
我们一般独自管理，
但可以与你们合资管。
条件是出 10% 的钱，
要占 50% 的股权，
如你们同意，
一个月后分批去中国看。

多精明的生意，
多苛刻的条件！
他们有技术和品牌，

我们还要忍耐。
看来，还会有更艰苦的谈判，
善谋算的美国商人还在设局试探！

叠泉四君子

2012 年 9 月

1992 年，我时任北京市计委总经济师，当时为发展北京经济建立了一支基金——ING 北京基金，准备到香港募集资金。和我一起去香港的有当时在北京市计委工作的潘文堂、刘学民和胡旭成，人称"四君子"。20 年过去了，周末在球场相逢，想起当年赴港募集资金的往事，写下了诗句。

二十年前那一年，资本市场遇惊险，
四人呕心苦运作，基金上市把家还。

今日还是四兄弟，红缨换成高球杆，
人生策马斜阳过，风雨同心紧相连。

商海无涯勤为先，朝朝暮暮防风险，
肝胆同走未来路，相依相命过百年。

2013 亚布力论坛

2013 年 2 月

刚刚用过早餐，

天兵们已登上雪山。
他们像野马一样飞奔而去,
我们仍在议着国家、小家的振兴梦想。

静静地坐在火红的壁炉边,
继续着主题论坛。
一个个唇枪舌战,
讨论者中有东华兄、敬一丹。

口若悬河国企改革的意义,
什么决定着总量翻番?
城镇与生态文明,
未来八年的艰难;
有那么多激动,
又有那么多忧患。

中国企业的国际化,
还有那么多荆棘、沟坎;
平等地参与竞争,
合法地创造财产权;
塑造好激情的企业家精神,
迎着曙光,去闯那一道道难关。

暮色降临之前,
来到雪原中的农家院。
大家共度元宵,
放声高歌,

大家抒发情感，
豪饮雪原！

蘑菇炖小鸡是那么香，
粘豆沙包又是那么甜。
热腾腾的东北乱炖一盆盆，
香喷喷的杀猪土菜一碗碗，
干杯！把盏烈酒吞下去，
畅怀！拥我心中明月，
拥我心中艳阳天！

阿拉善新会员入会　三首

2013 年 10 月

2013 年 10 月初，是阿拉善 SEE 动议创建十周年的日子。从 2004 年正式成立时的 64 个会员单位发展至今已有 273 个会员单位。今天恰逢一批新会员入会，欣喜之余在阿拉善新会员入会仪式上写下自己的激动心情。

（一）拥抱你，我们的新会员

滴滴新鲜血液，个个胸怀理想，
来自五湖四海，踌躇充满希望。

年少三十刚过，年长鬓已斑白，
不分年长龄短，不分企业大小。

衣食虽已富足，担当责任无涯，

保我碧水蓝天，于人浩然天下。

（二）新会员种梭梭树

清晨迎风走沙漠，会员欢歌种梭梭，
你一锹来我一铲，棵棵梭苗系心窝。

昨天假日游天下，今日激情勿忘我，
治沙造林绿中国，子孙万代美生活。

（三）新会员腾格里沙海冲浪

激动的新会员，
三人一组，
坐上大马力的212，
开始了险越的沙海冲浪。
那一座座沙山，
千沟万壑，沙谷峰尖；
一阵大风刮过，
沙随风逝，沙山黄龙飞舞。
唏嘘声，惊叹声，
回荡在整个腾格里沙漠！

开始穿越了，冲浪了，
轰轰轰，212剧烈地颠簸。
哇哇的尖叫声，呼喊声，
翻山倒海，
心脏快跳了出来，

车轮像犁刀一样撕裂沙浪；
212一会儿登上沙海浪尖，
一会儿跌进浪谷，
翻滚着，扭曲着，
让人尽情领略那
沙海冲浪的惊险，刺激，
领略腾格里的广袤，粗犷，豪放。

走过了沙险山，
还有什么过不了的难关？
穿越了这样的沙海，
还有什么比这更美的快感？
探险之于生命，
放纵你的身体与情怀；
每一个阿拉善新人，
这是对你们的第一次考验！
走过了这样的沙海，
还会有更难攀的高山，
你们要随时准备着，
为理想为人类再苦再难也要登攀！

第四篇 江山讴歌

版纳，我的太阳　三首

2001 年 10 月

（一）罗梭江

两天饥肠没开胃，今日信誓要喝醉；
深江里面有好鱼，土砂锅中香笋鸡。
酒足饭饱上山去，罗梭江边两夫妻；
罗梭江面水流急，绿石林中看老挝。

坐上竹排下景洪，飞流直下湄公河；
两岸青山留不住，江边万簇凤尾竹。
阿哥阿妹撑杆走，娓娓情歌似水流；
笑声划破大江峡，江水拍竹望傣家。

江山欢乐江山情，暮年还来把船划；
最奇莫过雨林谷，白垩纪时沙罗树。
空中绳梯凌空架，游客脚下是悬崖；
一步一挪向前走，心惊肉跳过关涯。

（二）版纳

早晨，踏在版纳的路上，
青山、白云、蓝天，
还有那云贵高原的太阳。
独木成林，

风光旖旎,
爱神陪伴着我们心飞扬。

这里是热带水果的王国,
菠萝蜜、夜来香、西番莲,
还有那从未见过的油棕果。
这里是版纳艺术的殿堂,
翡翠、白玉剔透晶莹,
奇石、木雕,
还有那美丽的孔雀羽毛。

版纳——一片清新的绿洲,
版纳——纯朴的傣家姑娘;
版纳——天下游客的天堂,
版纳——我心中的太阳!

(三) 野象谷缆车

千米山谷一线牵,雨林绿浪尽收眼,
脚下野象觅觅寻,身边彩蝶舞欢颜。

蓝天碧地白云间,半时空中思绪连,
忽然一支歌声起,绿野丛中红瓦现。

游喀纳斯湖

2002 年 10 月

从北京到乌鲁木齐,
从乌鲁木齐到阿尔泰,
行程万里路,
只为那人间净土——喀纳斯湖。

这个梦了三十二年,
为这个梦又准备了两年半,
今天,这个美丽的梦终于实现。
从阿尔泰小机场到布尔津县,
从边防小城的金山到边防军的办证站,
四部沙漠王在无级公路上风驰电闪。

突然,前方无路了,
突然,我们进入了茫茫的戈壁滩。
那红柳,那沙漠,
那大湖,那石头滩,
多少车抛锚了,
只有沙漠王在尽情地撒欢。
颠簸的痛苦是暂时的,
尖刺后面是漂亮的玫瑰;
过了石头山就是一百公里的好路,

这是病痛后的幸福。

哇！东方瑞士到了，
西伯利亚大森林的延伸，
北冰洋水系镶起了碧绿的喀纳斯湖。
2200公里的远古北界，
联结着中俄哈蒙四大民族，
神秘的喀纳斯湖，
以无头无尾水怪著名。

我们坐在船上，绕过六道湾，
静静地观赏着，
那雪山，那青松，那碧湖，
好一个人间仙境。
登上2800级台阶，
是那高高耸立的观鱼亭，
喀纳斯湖真大，湖水真蓝，
怎么不见水怪在湖中？
那是谜，那是梦，
那是人类的幻影；
那是雪山，那是碧海，
那是大自然的精灵。

夜幕降临了，
我们开始在草原中进晚餐。
手抓肉，红马肠，
还有那红土豆、缕缕炊烟。

红红的太阳照在雪山上，
我们驱车前往祖国最西北的边防。

石头路，大草原，原始松林一片，
白哈巴，哈蒙林，
西北最端头的边防站。
指导员，小连长，
陪我们一同登上瞭望站，
看着军营边界，
站在中哈边界5号碑前，
白桦林中分水线，
多少英烈鲜血染过碧水滩。

内蒙古草原行

2003年7月

早上，太阳刚刚爬起，
我们进山了。
啊，温柔、沉重的山，
像成吉思汗的身躯；
啊，蒙古高原上的山，
没有南方那样秀美的少女峰。
山间公路是那样得好，
大城市的商人们真没想到。
小家伙们等呀盼，

我们终于到了那四子王旗沙漠草原。

路上的草花儿飘着清香,
路上一个个蒙古小帐;
羊群、牧人,一个个私有化了的牧场。
还没进蒙古包,已经闻到了奶茶香,
奶皮、奶条、奶豆腐,
红地毯、小漆桌,
还有那成吉思汗的庄重神像。
朋友们席地而坐,开怀畅饮,
小孩们兴高采烈,
早忘记了学习的烦恼和美丽的家乡。

我们去骑蒙古小马,
成吉思汗靠它打下整个天下。
一千多年前,中华的大漠风,
铁骑向西踏,立国建大汗。
回家了,我们又走进了蒙古厚重的大山,
大青山的山花是那样的迷人,
白的、黄的、蓝的,
还有那一点点红。

那青青的大山,那凉爽的山风,
那绿色的草原,那蓝色的天空,
我们仿佛看到了千万铁骑,
我们仿佛看到了蒙古人民之神,
成吉思汗就在山中,

那山像忽必烈的马背,
那花像蒙古少女的裙红。
我们陶醉了,蒙古草原啊,
你那绿,你那红,
你那天,你那风,
永远、永远印在我们的心中。

遍地英雄下崂山

2003 年 9 月

铮铮铁马上崂顶,巨型鹅卵铁银山,
青苔小路大森林,绵绵细雨知了声。

游客三俩攀山急,黄瓜蜜桃汗湿巾,
草帽拐杖白手套,汗滴气喘雨无讥。

点点黄花山间镶,清清风水十八潭,
怪石青松刺蓝天,遍地英雄下崂山。

腾格里达来 三首

2003 年 10 月

2003 年 10 月 2 日,中国企业家论坛在内蒙古阿拉善举行,会议议题是"企业家如何独善其身"。在阿拉善,我看到了沙漠对人类的惩罚,给人类带来的灾难,心灵上感到忏悔。

在与时任"企业家论坛"秘书长李俊和九汉天成公司董事长宋军等人的讨论中,决心发起一个由企业家组成的非政府组织(NGO)来治理沙漠,保护自然。这就是阿拉善生态协会的起源。2004年6月5日,近百名企业家面对茫茫沙漠,宣布成立阿拉善生态协会(SEE),并发布了《阿拉善宣言》。

(一)过西夏王陵

早上,太阳刚刚出来,
我们到了银川。
城八道那宽,七广场那广,
真是震撼!
城中湖,湖中城,
城中园,林中园,
好一个大家风范!

西夏陵王墓,硝烟四百年;
东方金字塔,灭了西夏国的成吉思汗。
一个可怜的民族,
一个连族人都没有保留下来的古典;
一个悲壮的故事,
一个强者灭弱者的嘶唤。

过了西夏王陵,
翻越了巍巍贺兰山,
二十公里的沙海冲浪,
真把人心震撼。
212北京吉普,

像坦克一样在沙漠中翻滚。
欢呼、尖叫，翻江倒海，
真体会了人生的极限！
天人合一，惊险自然，
人生快感，死而无憾。

好一个宋军先生，
竟给我们这样一个惊人的答卷。
好一个九汉天成，
真敢同世界在旅游上叫板。
这，就是我们企业家的责任；
这，就是我们中国企业家的其身独善。

（二）娜仁湖抒情

月亮湾到娜仁湖，串串项链穿珍珠，
黄驼白羊小海鸟，还有黑黑骏马欢。
牧民小屋绿胡杨，蒙古大娘点炊烟，
白酒砖茶兰哈达，炙热真情洒人间。

牧民兄弟盼改革，草原一包三十年，
三个代表在边疆，饮水不忘甜水源。
冷水湖是那么蓝，绿洲青草那样鲜，
牛羊点点遍地跑，天上片片彩云翻。

晚上品尝烤全羊，雕花马背歌声圆。
蒙古大帐饮烈酒，心潮澎湃想连篇，
问我中华谁大家，还数天骄蒙大汗，

烈马铁蹄踏云飞,大漠雄风起中华!

(三) 徒步穿沙漠

在月亮湖边登船,
在芦苇丛中上岸,
开始徒步走沙漠,
又是一次黄沙的考验。
人类太渺小,博大是自然,
沙漠中的棵棵胡杨,
蓝天下的粒粒金沙,
生命之树是那么常青,
人类在这里升华。

人类最美好的旅游资源,
已不可再现,
那边巍巍的贺兰山,
可能就是,
我们最后的精神晚餐。
我跪在沙海中反思、忏悔,
准备迎接那更壮观的明天。
沙山顶上,212车上飘红旗,
使我想起了延安的毛主席,
要想红旗不倒,沙漠必须治好。

美丽的大厦不能建在沙滩上,
要固沙就要种树种草。

这是涉及子孙万代的大事，
否则，大自然就要对人类进行惩罚，
好像整个世界都沙化了，
人类在玩最后的赌盘。
中国的企业家们站出来吧，
为母亲、为人类，
献出我们的财富和才华。

呼伦贝尔大草原　二首

2004 年 9 月

（一）呼伦贝尔颂

啊，呼伦贝尔大草原，
北国碧玉蓝色的天，
绿红青蓝一望无际，
绿色净土彩斑斓。
世界三个大牧场，
首推呼伦贝尔大草原。

风吹草低六月雪，
三个大帝盖中原，
极目远望草原上的山，
条条山脉连着天。
墨绿的山、流畅的曲线，

美丽的少女静静地卧在大草原。

草原上的云,
黑、白、灰、蓝,
黑的是那么可怕,
白的是那么晶莹,
灰中透出一片片蓝,
蓝的又是那么鲜艳。

像一箱箱棉花在蓝天中悬挂,
又像镶嵌在蓝天中的一座座雪山。
还有那雪峰倒影在湖中的感觉,
草原上空的云是那么神奇,那么自然。

啊,呼伦贝尔大草原,
你有大森林,
大河流,大湖泊,
你有大民俗,
大历史,大口岸,
你是大氧吧,你有大胸怀;
你是人类的母亲,
你是我们苦苦追求的田园。

(二) 呼伦诺尔草原

海拉尔小城,
呼伦诺尔最美。
有蒙古小伙姑娘,

有草原上的碧水；
有动听的马头琴声，
有骏马和加茶的奶水。
草原，蒙古包，大湖，
白雪一样的羊群，
还有那动情的敖包相会。
天人合一，动情落泪，
在那里待过，
终生无憾无悔。

额尔古纳行　四首

2008 年 7 月

（一）碧海之行

一路白桦碧海行，轻舟漂在彩云中，
高山草原红杜鹃，油菜黄花沐清风。

缕缕炊烟迎客来，东正教堂响钟声，
千牛万马跑湿地，牧民敬业小镇中。

忽闻马头琴声响，坐在草原望星空，
成吉思汗出山地，显我中华大漠风。

（二）到临江

一路风尘一路云，三套铜马迎贵宾，

室韦小镇有魅力，千里寻觅苏俄人。

木楞大屋花边窗，火墙烤炉油菜心，
绿色白色大原木，百年沉睡生态村。

一览额尔古纳河，放眼望去临江村，
俄族大妈烤列巴，发酵一夜等亲人。

大铁盘上团团面，牛奶和面香喷喷，
酵母本是啤酒花，土砖烤炉炭火红。

出炉列巴热腾腾，拿着烫手甜在心，
小屋檐下尝美食，追忆当年白俄人。

附1：呼伦贝尔景区　任志强

一池碧波水，几只灰鹤飞，
群羊戏绿草，风扬万马随。

点点敖包炊，金雀绕云追，
阵阵奶茶香，歌洒唤魂归。

附2：临江界河村　任志强

一际蓝天飘浮云，满山白桦树海行，
遍坡碧浪泛黄花，牛羊交耳叙闲情。

溪流弯曲镜中影，鸭雁成双隐霞阴，
葱墨夕阳染残红，梦望清江异乡星。

附3：又到临江——和刘总任总　苏楠
　　再去临江追梦，君子伴我行，
　　都市征战博弈，只为正颜容，
　　铁骑踏云飞过，惊鸟逐马鸣。

　　绿波清水映赤霞，万树千山没世人，
　　木屋列巴凭天赐，异趣谐情驻边村。

（三）七绝·临江"夜宴"

琴声歌声绕草甸，踢踏舞步响云天。
银河天星随影动，俄人激情动心田。

（四）七绝·残阳暮色

夕阳半落薄雾间，草低花飞舞蹁跹。
忽见山暗树垂暮，云遮残红一线天。

贵州西江苗寨

2009年3月

清晨上高速，崇山峻岭行，
山下绿洲飘，云边杜鹃红。
千户苗寨[1]到，角楼悬山中，
漂亮"生苗"女，接我寨中行。

村民见客来，吹拂苗岭风，

姑娘牛角酒,小伙吹葫芦。
山寨焖土鸡,米酒醇又清,
野菜嫩又绿,清汤南瓜红。

银铃耳边挂,黑衣绢花红,
开讲山寨史,细细道民风。
幢幢尖木屋,片片青瓦顶,
千户悬角楼,尽收眼帘中。

走过风雨桥,登上观景峰,
"人"字绿洲嵌^2,依山叠影辉。
苗王居山顶,神灵鼓藏堂,
谁知击鼓者,只是解惑人。

[注] 1 贵州西江千户苗寨,位于贵州省黔东南苗族侗族自治州的雷公山麓,距离省会贵阳市约260公里,由十余个依山而建的自然村寨相连成片,是目前中国乃至全世界最大的苗族聚居村寨,居住苗族人口6000余人。西江千户苗寨是一座露天博物馆,展览着一部苗族发展的史诗。

[注] 2 千户苗寨依山而建,从山顶到山脚,呈"人"字形分布。越往山顶居住的人越少,苗寨房屋也就越少。据当地的人讲,只有苗寨首领(苗王)或德高望重者才居住在最高处。

温州雁荡山 五首

2009年10月

(一) 夜游灵岩

"中华夜景第一绝",如雷贯耳新奇鲜,
朋友盛情实难却,夜游灵岩八人前。

朦胧山映入眼帘，暮色头灯星星点，
人流如潮胜庙会，磨肩赛过观景天。

（二）雁荡山小灵湫观飞渡

中间郁郁葱葱，两边灵岩灵峰，
奇是擎天立柱，银瀑直下天宫。
钢索横空高挂，飞渡云霄英雄，
曾见人间悲剧，一缕孤魂鬼影，
想起罗马角斗，人间娱乐血腥。

（三）灵岩观音洞

合掌峰上拜观音，四百台阶汗淋漓，
心中有佛箭步上，合十许愿思绪深，
风风雨雨征程路，有苦有乐有善心。

（四）雁荡山上观题词

雁荡悬石写"雁荡"，皇权君子尽张扬，
千古文人无墨迹，青山碧石映朝阳。

（五）百岛洞头

过瓯江，上海堤，浪飘三千里，
海盗村，霓屿岛，海中桃园地。

百年前，福建仔，封岛逃洞头，
看今朝，半屏山，百岛风情奇。

四川磨西镇　四首

2010 年 3 月

（一）磨西镇

绵绵细雨磨西镇，山山溪水渡乌云，
藏民古居田园画，康定木兰沁人心。

雪峰冰花鲜花镇，川西藏美彩云间，
油菜花香万亩黄，飘在画中念亲人。

披星戴月上高速，油菜花黄雅安城，
青山秀水小民居，缕缕炊烟雾蒙蒙。

雅女雅鱼雅细雨，茶马古道藏茶奇，
听着情歌奔康定，遥望贡嘎哼藏曲。

（二）大渡河

铁马越过烈羊背，山川右边大渡河，
泸定桥上枪声响，十八勇士闯铁索。

当年主席在磨西，指挥若定飞天河，
颗颗火种到延安，朵朵红云飘中国。

（三）清溪翠谷兰

俊美山峰桃花点，千百山花红杜鹃，

青溪翠谷飞彩蝶，花中之王康定兰。

那边天堂九寨沟，这边海螺红石礁，
大森林中温泉热，白云之中见雪山。

（四）二郎山

踩云步入二郎山，山顶绿树银花满，
轻纱薄雾罩翠柏，朵朵雪花洒树间。

这边刚是雨天日，那边已是艳阳天，
无尽山脉无边雪，神女挺拔天公撼。

走进万丈二郎山，海螺沟中过悬崖，
巍巍贡嘎云中立，万年流动大冰川。

索道俯视刀冰石，神峰护佑千古岩，
愿做山上一棵草，满腔热血化冰山。

重庆金马湖

2010 年 3 月

九龙坡下金马湖，青山碧水桃花坞，
翠柏香樟遍原野，农家屋前飞云雾。

湖中小鸭仰天游，船上纵论绘蓝图，
心中别墅云中落，彩虹之下写家书。

呼和浩特行 三首

2010 年 4 月

（一）七律·南湖大湿地

呼和南湖大湿地，清静湖泊万亩绿。
芦苇丛中白天鹅，摇橹小船鱼鹰啼。

蓝天白云晴空美，林中草屋炊烟起。
梦中想起雕花马，马头琴奏草原曲。

（二）七绝·马头琴声

激情拉起马头琴，胸中热血野马魂。
琴声曲曲似烈酒，伟伟岸岸蒙古人。

（三）塞外战友情

双雄一曲马头琴，沁人肺腑奏马神，
长调天音阿拉善，热烤全羊蒙古魂。

金杯银杯敬满酒，春华热情暖人心，
塞外战友伙伴情，共写江山日月新。

台湾感悟　十六首

2010 年 4 月

2010 年 4 月 18 日至 4 月 25 日北京市国资委组织北京市大型国有企业赴台考察，一行共 59 人。

（一）初到台湾

踏着白云下桃园，机场落伍二十年，
二十县池布宝岛，高速两旁农舍寒。

铁皮小厂一幢幢，青山葱郁阴雨天，
刚刚越过淡水河，远望圆山大酒店。

大屋顶比红午门，古香古色思凯旋，
蒋家残风落叶苦，秋风瑟瑟陨红颜。

（二）台湾故宫看珍宝

华美故宫精华店，台湾美食活海鲜，
雨中打伞进殿堂，华宝传世六十万[1]。

一部中华文明史，件件文物彩斑斓，
近代书画宝中宝，清明上河叹千年。

七千年前玉猪龙，翠玉白菜艺惊天，
飘逸玲珑象牙塔，薄纱提篮美人欢。

精美玲珑多宝阁，能工巧雕鬼斧汗，
玛瑙磨研慈禧笑，马上封侯玉石盘。

西周无价毛公顶，樽樽编钟奏古弦，
钧窑明瓷青花美，古今共聚再千年。

[注] 1 台湾故宫收藏了60余万件珍贵藏品。

（三）夜色台湾

迈着轻松脚步，走进夜幕台湾，
仁爱大街柔和，十里长街星闪。

"总统"大厦开放，自由广场剧院，
龙恩寺庙香火，西町街巷热恋。

油臭豆腐热腾，仔面香喷垂涎，
高耸入云101，霓虹台北不眠。

（四）台北小吃

仁爱街西进老城，台北文化另一景，
华西街上品小吃，体验民间真风情。

先吃一碗担仔面，虾卷丝瓜嫩肉红，
酸酸甜甜肉骨汤，炸臭豆腐香味浓。

蛇汤蛇骨烧猪手，七彩果汁甜刨冰，
想起清代竹枝词，大汗淋漓念京城。

（五）五律·夜风

银河数星星，青石听蛙声。
岁岁年年逝，湖中看倒影。
抬头望牙月，静听知了声。
夜降青山睡，沐浴碧湖风。

（六）七律·日月潭

碧海之岛小台湾，台湾岛中日月潭。
连绵青山平湖绿，朵朵彩云绕山间。

一望中岛日月分，湖映蓝天云霞晚。
不见杜鹃花遍野，潭中飘来小白帆。

（七）樟林破晓

破晓时分开窗帘，好似一幅美画卷，
近处重叠香樟林，远眺青山天无边。

灰白薄云大理纹，一块碧玉起波澜，
朝阳映下呈三色，水鸟探湖戏水欢。

偶见几叶打渔船，黎黎草民享人间，
天涯绝地润甘露，不思人生路漫漫。

（八）五律·布洛湾

走进布洛湾，青山抱桃园。
青青芳草香，空气润又甜。

山涧阿美人，处处伊甸园，
峰巅狩猎路，登山美少年。

（九）竹枝词·无题

字字行行少年志，澎湃激情浓墨诗。
斜阳策马关山过，蓝天碧海写心词。

（十）七律·太鲁阁情怀

立雾溪中岩石美，潺潺不绝大溪水。
太鲁阁峡大理石，海底沉积火山灰。

溪中巨石卧如龙，万古千秋彩蝶飞。
偶见溪边飞白鹭，高山姑娘倾心谁？

（十一）七律·踏浪出海

推开破晓轻薄纱，远望蓝色阔大海。
花莲森林碧小溪，欢歌白云高山脉。

梦想踏浪去出海，拥抱人类新未来。
皇冠镶在翠玉山，依依不舍我情怀。

（十二）到花莲

从台东到花莲，
几百里的大海，几百里的山，
山是那么绿，海是那样蓝，
高高的白塔，是地球的北回归线；

沿海高速,是台北的大提琴弦。
阿里山峰,是宝岛高贵的头,
美丽的脸庞,是群山中的日月潭。
为你歌唱,深沉的大海,
为你拉琴,壮美的青山,
为你骄傲,中华的瑰宝,
给你呵护,永远的血脉相连!

(十三)花莲雨

离开了垦丁的灯塔,
奔向神秘的花莲,
拂去身边的海风,
走进绿海的深山。

那白云滚滚,像朵朵白莲,
那千年古树,构成了永恒的自然。
才逢山中连阴雨,下山已是艳阳天,
滔滔不尽太平洋,中央山脉尽奇观。

(十四)夜逛垦丁城

垦丁城夜晚,灯火长街闪,
悠闲度假客,来自峡对岸,
短裤配彩衫,小吃摊前站。
这个买槟榔,那个品海鲜,
油炸臭豆腐,骨汤一碗碗,
椰汁赛甘露,芒果布丁甜,

垦丁城不夜，处处百姓欢。

（十五）秀美日月潭

天公秀美日月潭，涵碧六星大酒店，
渔家小船沙滩放，长河一瞬忆当年。

拉鲁岛上邵族村，逐鹿发现日月潭，
潭中小山名珠仔，翠绿平湖托群山。

日月潭寺石佛立，舍利东渡又凯旋，
千秋苦旅碑朝圣，人生步道苦中甜。

林荫密布静思路，岛民慈恩念祖先，
湖水清凉桂花香，文武庙中拜孔关。

（十六）到高雄

凌空看高雄，城在大海中，
那边高厦立，这边小游艇。

城中楼不美，像是小东京，
好奇进小巷，阿婆早点香。

先吃蛋角饼，再喝甜豆浆，
一粒香肉棕，绿叶散陈香。

成都行 三首

2010 年 5 月

（一）锦里闲游

浅夜漫步走锦里，小桥下面游红鱼，
七彩花街民俗乐，小吃喷香花样奇。

多想悠闲居天府，远离铜钱和利益，
扬鞭策马关山过，珍惜银河蓉城忆。

（二）成都老码头火锅店

老码头上火锅红，打开话匣开酒瓶，
鸭喉百叶薄牛肉，笑声琴声劝酒声。

琴师号手指挥家，青柳白杨绿叶松，
麻辣涮肉交响乐，白雪巴人可共鸣。

（三）成都娇子音乐厅

成都娇子音乐厅，首创之夜交响声，
两岸乐手同高奏，灵动韵律诉春秋；
指挥大师简文彬，瑞典花腔女高音，
李飚激情打击乐，绢绢细水小提琴；
乡音绕梁香梦境，大提琴声唤亲人。

太原五台山行 十首

2010 年 5 月

（一）往灵石路上

踏上吕梁晋中路，我驾铁马奔平遥，
平原大地罩黄尘，树青草绿已报春。

清徐香醋誉天下，葡萄美酒过黄昏，
文水那边胡兰墓，英雄烈女晋中人。

没有江南景色丽，地上文物数山西，
晋中运城关帝庙，云冈石窟美大同。

灵石绵山悬空寺，应县木塔竖云中，
黄河文化五千年，尧禹大气染中原。

（二）王家大院[1]

王家大院灵石县，灵石县东静升村，
远在灵石有人识，晋中王氏之后裔。

嘉庆修建十五载，中华民居居中王，
万贯家财大院奇，九沟八堡十八巷。

千座院落万间房，层楼叠院依山傍，
琳琅满目石木雕，诗书留传文气豪。

磅礴气势像故宫，尽在错落参差中，
砖瓦木石写江山，震撼千古远流芳。

[注] 1 灵石县的王家大院有民间故宫之称。

（三）平遥二郎庙

平遥古城二郎庙，流水骗钱假老道，
黑导拉你进道庙，老道早已黑心槽。

道家本应守道规，黑心收费使绝招，
先唱赞经颂扬你，后逼画押把钱要。

二百四百或六百，不给你就势不妙，
本是圣洁二郎神，金钱污染变黑庙。

（四）平遥古城

平遥古城好热闹，商业街上香味飘，
牛肉杂碎臭豆腐，小吃巷中烟缭绕。

晋中特产店中店，精美漆画仕女笑，
山西也有华尔街，全国连锁银票号。

东家掌柜结构清，湿股干股不得了，
股东只问股东事，掌柜经营有目标。

伙计入行苦三年，一手秀墨算盘好，
舍得好吃好待遇，忠于老板有情操。

传信伙计年俸禄，超过四个七品官，

晋商文化重诚信，称霸中国衣锦乡。

（五）晋祠宾馆

黄土高坡有绿洲，晋祠宾馆林湖秀，
小桥流水大别墅，鸟语声中小溪流。

小湖边上看星星，青草地上望月空，
静静思索人生路，期待清晨五台行。

（六）往五台山路上

千山百沟黄土坡，无边沙尘大风过，
万年贫瘠千载穷，世世代代唱悲歌。

荒坡枯草瘦山羊，不见炊烟人踪灭，
如今还是黄土坡，高速公路沟中过。

高压线塔坡上立，山间之中农家乐，
要是有水该多好，梦想天上银河落。

（七）七律·登五台山

驱车登上五台山，清凉圣地好纵览。
百里山脉势磅礴，山谷涓涓小溪潺。

仰目高歌观五台，千山万岭风雪寒。
多想攀上五台顶，巅峰朝圣再凯旋。

（八）五台下山路上

留点遗憾下了山，没上台顶过山关，
五台高耸三千米，山高路滑风雪寒。

上千僧人山寺住，云中诵经两千年，
凡人哪有众生志，普渡行善向人间。

（九）五爷寺

心诚朝拜五爷寺，看望常青大主持，
八十高龄坐如钟，大耳浓眉话语清。

七岁出家当和尚，抗美援朝三年兵，
曾经回家种过地，传经布道度一生。

（十）黛螺顶

索道轻攀黛螺顶，满目青山落地松，
五房文殊五连拜，乾隆一令五佛同。

五台难上去螺顶，五庙文殊现彩虹，
千古一字奇顶建，佛家诚谢好朝廷。

长沙湘江行　三首

2010 年 5 月

（一）湘江吟

斑竹落泪写潇湘，爱岛银盘托碧方，
千里湘江万倾绿，深山出过红太阳。
轰轰烈烈燃星火，自信人生五百年。

（二）三湘大地

广西海阳大山上，流淌八百里三湘[1]，
蒸湘潇湘和沅湘，孕育湘人新希望。

船山[2]儒学唯物论，朱熹理学岳鹿院，
时势湘军曾国藩，戍边屯垦封武侯。

芙蓉才子多少个，南岳星光闪闪亮，
三湘大地近百年，英才辈出帝王将。

民国总理熊希龄，韶山少年开国王，
前有少奇和德怀，后有镕基铁腕强。

回首历史一百年，湘人霸气尽张扬，
五百年有王者兴，橘子洲头再思想。

[注] 1　湖南别称"三湘"。
[注] 2　船山，即王船山。他是中国朴素唯物主义思想的集大成者，明末清

初的三大思想家之一。

（三）三湘女

想起三湘烈情女，北上长城哭孟姜；
湘妃斑竹南巡舜[1]，爱情岛上投大江；
近代烈女杨开慧，蝶恋花词[2]震三湘。

［注］1 传说舜南巡，死于苍梧之野。他的两个妃子萧妃湘妃哭舜，泪滴竹上，遂生斑点，所以称湘妃竹。
［注］2 蝶恋花词指毛泽东为杨开慧烈士写的诗词"蝶恋花·答李淑一"。

赴德阳

2010 年 6 月

风尘仆仆奔德阳，一路绿洲好风光，
柳绿湖清水碧翠，星星点点农家房。
不见缕缕炊烟起，叶叶小舟捕鱼忙，
桃花源中忆渊明，赋诗千古仍飘香。
真想做一蓑笠翁，闲拨碧水踏白浪！

青海文都庙　二首

2010 年 7 月

（一）文都庙

拂晓太阳从高山升起，高原的山脉沉静翠绿，

红日金光洒满了山谷，文都僧人吹响了神曲。

庙中的香火已经点燃，小鸟的歌声晨中报喜，
金色寺院是那么凝重，清雅诵经是我的心语。

（二）高原心灵

雷雨声中走太空，文都寺中觅星星，
人生苦旅去万难，座座寺院梵语声。

篇篇诵经悲歌语，字字声声佛经灿，
何惧风雨尽人间，超度人生飞九天。

穿云驾雾把月揽，用心用血许美愿，
远离红尘静心思，青海高原洗心灵。

熊猫宝宝

2010年9月

蒙山顶上甘露茶，世界茶源茶文化，
青青不老高山翠，香甜空气杜鹃花。

茶马古道走高原，雅安丽景诗如画，
碧峰峡谷青山绿，青石滴翠彩竹斑。

我寻熊猫去做客，它在竹海尽寻欢，
泰山芙蓉林中卧，潇潇洒洒幼儿园。

妈妈一年生一仔，千克长大要四年，
宝宝戏耍认亲人，爬行站立美人欢。

人间生存若如此，无是无非都是仙，
我抱宝宝照张相，伴我微笑到天年。

中秋南京 二首

2010 年 9 月

（一）南京灵谷寺

青青灵谷寺，棵棵桂花香，
悲壮灵谷塔，忠烈殉疆场。

雄伟无梁殿，南京建灵堂，
千军陪国父，国花红梅香。

（二）南京阅江楼记

八百年前阅江楼，元璋史记后人修，
飞檐画栋立江边，大明王朝写春秋。

狮岭雄关入云端，犄角飞天江南秀，
浩瀚江水看不尽，金陵美景阅不够。

九寨印象 八首

2010 年 10 月

（一）初到九黄

彩云伴我飞九黄，海拔四千出艳阳，
黑牦遍野似珠落，羌藏风情尽眼帘。

红军曾饮岷山雪，宗南藏区摆战场，
高原彰金[1]运台湾，如今空山无金矿。

座座青山天边雪，排排民居震后添，
满目青松云中雾，九寨迎我艳阳天。

高山草甸高原路，清清溪水空气薄，
藏羌回汉小民居，灰瓦红窗饰白墙。

群山沟沟藏宝藏，高原五绝鲜张扬，
牦牛骏马短尾羊，满山藏药漳金矿。

岷山之巅雪宝鼎，冰川刺骨三江源，
和人欲夺宝鼎[2]宝，捍我极宝剑出鞘。

［注］1 彰金，只产于高原的九寨地区，由于产量少，彰金早已不存在了。
［注］2 宝鼎指雪宝鼎。雪宝鼎海拔 4000 多米，是藏民心中的圣山。20 世纪 80 年代，日本人欲到雪宝鼎勘探当地的珍稀资源——高原水晶，后被制止。高原水晶是世界上少数国家拥有的资源，主要用于航空航天，被称为"极宝"。

（二）进沟

过九道拐下山去，
一路奔九寨；
车水马龙人头涌，
好似十万工农下吉安[1]。

沟口前，交通那个堵，
万人攒动门前那个乱，
步道上摩肩接踵，
哪像世界遗产？！
进了大门，管理有改变，
数万人分流三条线，
公交车速把游客疏散；
美景点，个个映眼前，
五彩湖，倒影映蓝天，
九寨美，色调是翠蓝。

［注］1 引自毛泽东诗词《减字木兰花·广昌路上》中的一句词。

（三）看"藏迷"

五彩九寨天堂美，相思少年摘玫瑰，
翠湖彩林翩翩舞，雄鹰展翅雪山飞。

淳朴民风看"藏迷"，打着酥油舞筒裙，
轻歌热舞唱高原，伸手摘星飞蓝天。

旋子踢踏帅哥跳，藏羌文化深久远，
帮金麦垛好民歌，柔美动听多灿烂。

阿克班玛弹琴舞，康定情歌溜溜云，
月亮弯弯九寨夜，天堂寨中赏天音。

（四）九寨天堂酒店

大堂中鲜花流水，碧池中红鱼尾尾，
黑天鹅闲情悠悠，藏羌楼风情韵媚。

阳台外青松柏翠，高山上五彩云追，
灌丛中花沾甘露，望彩海早已心飞。

（五）诺尔盖草原

骑马悠然诺尔盖草原，
蓝白彩织的藏包星星点点；
远方的山间，
黑珍珠般的牦牛游荡，
天边的彩云，
衬着鹅黄的草甸青青的山。

我在马鞍上远眺、遐想，
多美呀，诺尔盖，
多美呀，翡翠般的草原。
看着九大元帅纪念碑，
想起了三过草原的红军，
藏族少女在草原上跳舞，
牦牛安静地在草原上吃草。
啊，草原雪山如旧，

红军战士你在哪里？

（六）五绝·九寨游

九寨仙境美，彩海映云飞。
林涧瀑布跳，木道人声沸。

（七）观黄龙五彩池

黄龙卧玉翠，十里金沙滩，
玉池钙化奇，天工匠可叹！

宝鼎雪中立，高原极地寒，
喀斯特貌绝，唯彩兴犹酣。

（八）登黄龙

宝鼎翠谷岷山水，逶迤蜿蜒景妖娆，
穿越雪山无人甸，风驰索道上黄龙。
艰难徒步望池去，五彩玉池路遥遥，
急行木道四公里，绝色玉池终见到。

黄橙蓝绿清见底，金沙托起彩池绕，
池前庙宇得仙境，感叹天工极目眺。
头眩腰直腿发软，尺步跄跄吟诗霄，
男儿要有将军志，竞走黄龙十里桥。

中寺木亭稍休憩，翠谷雪山观景笑，
接仙桥上接仙桥，保存体力下缓道。
山间袖珍三叠瀑，涓涓溪水自清泉，

林间小路曲径通,千年松柏尽流芳。

金黄翠绿葡酒红,五彩神水润黄龙,
七里金沙鲫鱼背,千古激流钙化洪。
徒步登山苦中苦,想起红军两万五,
昔日生死未卜路,今日徒步咋不行?

台湾故宫南宋书画展

2010年10月

南宋青花瓷,冰片花纹晶,
层层宋漆盒,高宗草书屋。
行云似流水,才女杨皇后,
小鸟变凤凰,马林静听松。

禅院人物灵,万纵青松图,
李嵩西湖图,李唐江山景。
华丽彩瓷瓶,吴琚七言句,
马远雪景柔,翠玉白菜件。

青海大柴旦

2010年11月

蓝天彩云艳阳天,盐湖雪山大柴旦,

湖中玉床天边雪，太阳落去微风寒，
看着月亮念亲人，漫天银星落高原。

赞武汉　二首

2010 年 11 月

（一）楚地郢都

三千年前是郢都，浩浩楚地落百湖，
磨山一箭平暴乱，庄王一鸣最惊人。
听涛白马落雁桥，青松樱花楚天台，
三十三里美东湖，浩瀚秀美震西子，
没有人工雕琢迹，天边美女尽自然。

（二）沉香沿江道

租界沉香沿江道，十里江滩绿喷泉，
高速越过张公堤，黄陂曾出花木兰。
刘店紧邻江岸区，机场附近是孝感，
盘龙文化三千载，开发热销低档盘，
府河两岸林丛美，诗画新城拿地先。

郑州开封寻古 四首

2010 年 11 月

（一）郑州至荥阳丁店水库

踏上金水道，省委高架桥，
转向中原路，直奔索河桥。

驱车过索河，黄土乡间道，
不见炊烟起，土产香气飘。

丁店小水库，万山脚下绕，
青山衬碧水，山野艳阳照。

层层梯田绿，秋秸似山高，
才思绘蓝图，美墅落林涛。

（二）中原郑州小史

刘邦项羽红沟战，世民生擒窦建德，
天下郑氏出荥阳，禹锡商隐城中葬。

嵩山脚下武少林，塔林舍利立雪亭，
皇家佛寺佛光冷，酒肉穿肠开先河。

三千年前看荥阳，嫘祖贵妃黄帝香，
刘邦项羽战火急，关公四关斩五将。

三英苦战俊吕布，张飞拌马锁银枪，
汉霸双城红沟在，不见项羽思乌江。

（三）开封寻古迹

离开郑州进开封，慕名古城寻古迹，
青墙围城无城门，街巷路堵抢路行。

信步走进相国寺，相国李旦登皇封，
立寺建国有豪情，改号相国为己铭。

千手观音出银杏，一生雕琢献生命，
鬼斧神工惊世宝，四面金佛普众生。

山陕甘商聚宋城，豪华会馆财气升，
砖木石雕天工作，忠仁义勇华商人。

二龙活现戏蜘蛛，网络早已现古城，
五角六柱牌楼绝，七层飞檐震故宫。

东京繁荣成回忆，上河图景镶框中，
现代开封四不像，管窥难觅古宋城。

潘杨二湖似明镜，碧水托起红龙亭，
太宗寇准司马光，苏轼中淹和包拯。

一代官衙开封府，道德正气公生明，
生生息息中华脉，名垂青史大东京。

（四）开封古城印象

百万小民居宋城，清明上河在故宫，
歌舞升平早逝去，不见艳阳写清明，
后人发展废前物，多少瑰宝灭失中。

西双版纳野象谷　二首

2010 年 12 月

（一）到景洪

乘机星夜飞景洪，边陲小镇睡梦中，
夜不能寐逛小街，傣楼边上数星星。

早晨一碗热米线，鸡油肉片热腾腾，
穿上球衣挥杆去，铁马飞驰云雾中。

（二）野象谷球场

高速穿梭雨林路，青青山脉艳阳峰，
野象谷中进山门，高山球场眼帘中。

古树茶林幽山谷，白云绿道镜碧湖，
蓝天满目彩云绕，果岭边上一品红。

野象球道薄雾罩，茶花香浓红豆笑，
山坡啾啾珍珠鸡，闲时圈养小狗熊。

山峰起伏镶球道，草尖露水阳光耀，

犹如天上飞来地，翠谷雨林竞折腰。

茅屋会所炫明灯，万绿丛中掩橘红，
细品少女天池浴，远看野象嘶无声。

一杆挥去云端见，颗颗银球比流星，
山谷球场海拔高，绿茵场上争英雄！

亚龙湾拂晓观海

2011 年元旦

亚龙湾拂晓的海，
就像大地母亲的怀，
滔滔波峰在微微的抖动，
细细白浪像乳汁一样流淌。

乌云变白了，变红了，
喷薄欲出的红日，
染红了海平面以上的天空；
小船睡醒了，
海鸥在飞了，
人们开始迎接新的一天。

春节广州行 三首

2011年2月

（一）初四放花炮

初四岭南放花炮，火树银花地动摇，
青红菊绿黄蓝紫，钢花直飞九云霄。

儿时贫困也过年，几束小鞭已逍遥，
如今一桶大花炮，农民一年生活粮。

一个民族脱贫困，富足不能把锚抛，
千民万众点火绳，银星彩云步步高。

家人亲情歌声唱，笑语连珠乐陶陶，
兴高不忘贫困众，富裕星火尽燃烧。

（二）关西午茶

关西世家喝午茶，满堂吃客叽喳喳，
原本只知关西女，小桥流水木舟划。

青山碧水煮菊普，油淋烧鹅基围虾，
发菜红炖嫩猪手，白斩鸡香多宝滑。

西关煎饼芝麻沾，竹笋菜心绿丝瓜，
家人亲人友情人，美食图上画中画。

(三) 游览陈家祠[1]

陈家祠院气不凡，百县集资科举寒，
陈氏子弟锥刺骨，光宗耀祖熬珊阑。

青砖高屋三进院，气势如虹洒光环，
飞檐彩雕盆景秀，千古人物木雕揽。

天工唯有人可代，人工精致天不如[2]，
鬼斧神工惊世作，串串红梅写江山。

［注］1 陈家祠位于广州，原称"陈氏书院"。始建于1888年，建成于1894年。占地面积1.5万平方米，由大小19座建筑组成，各个单体建筑之间既独立又互相联系，是富有代表性的清末民间建筑。

［注］2 "天工人可代，人工天不如"诗句是郭沫若先生对陈家祠的赞美诗句。

海派生活好梦乡

2011年2月

正月上海咖啡香，新天地中小广场，
修旧如旧石库门，酒吧舞厅人熙攘。
温情脉脉爵士乐，灯红酒绿无红墙，
布尔乔亚小资梦，海派生活好梦乡。

天兵飞如箭[1]

2011年2月

午夜索道滑下山，一轮明月悬山涧，
鹅毛飞雪云中雾，星空月下看人间。

乡村小镇已沉睡，不见雪屋起炊烟，
日午扛撬[2]又上山，艳阳高照白雪原。

九曲雪道天上来，险峰峭壁只等闲，
匹匹烈马红鬃硬，个个天兵飞如箭！

［注］1 该首诗是2011年参加中国企业家亚布力论坛写的初稿，2012年2月亚布力论坛后修改为现稿。
［注］2 指滑雪用的雪橇、滑雪板等。

海南文昌宋氏故居 二首

2011年4月

（一）宋氏祠堂

长春树落绿洲中，宋氏祠堂名人亭，
太守后人宋耀如，少年留美自晚清。

传教生子做生意，辅佐中山闹革命，
三儿三女全留美，左右民国大家庭。

一代名门学天骄，写我中华梅花红，
海口东侧文昌县，人杰地灵善首琼。

花有宋氏三姐妹，虎有上百将军衔，
百里椰林天边翠，侨领海外赛商船。

（二）文昌椰林

文昌椰子大观园，一片椰林一重天，
故人已去椰林在，后人品椰忆宗先。

青石小路碧湖水，嘉兴老伯垂钓欢，
儿女早已居海外，退休买房养天年。

西藏行　二首

2011 年 5 月

西藏是我向往的地方，终于在"五一"假期得以成行。看到西藏的美景美情，有感而发想写很多诗句，但因高原反应，头晕头痛，只是记下了一些素材。

（一）初到拉萨

沿着拉萨河，
杨树林迎接我，
红柳后面小白杨，
黄土高山，

流淌着细小的江河，
还有那阴沉沉的秃山。
只有蓝天还灿烂，
那是因为有红红的太阳高悬。

拉萨姑娘祝酒来，
闪亮的酒杯，幸福的回忆，
白色的哈达吉祥的结，
悠扬的藏歌展露了姑娘们深深的爱。
歌词真美，
歌声更美，
歌声荡响在高原的夜晚。

（二）冈巴拉十八旋

进入冈巴拉，十八曲盘旋，
山中浓雾浓，白云绕山间。

石片山体重，灰黄和青兰，
尽是宝藏藏，后人享延年。

冒雪登顶去，藏獒迎客来，
远望山谷下，不见是人间。

京郊农院 二首

2011年6月

（一）梅香农院

一池碧水绿珍珠，东阳锦鲤袖珍湖，
太湖石秀花中坐，果树银杏泪斑竹。

这边鸡鸣藏獒叫，梅香四合院景图，
那边高厦城喧嚣，怎如农院似仙都？！

（二）梦回农家

城郊绿野边，雕梁四合院，
梦回农家人，当归桃园仙！

葫芦岛龙湾沙滩 二首

2011年8月

（一）龙湾

滔滔碧海映蓝天，翠峰双石托玉盘，
雪白海鸥飘浪去，天边那侧尽白帆。

黑松林边吊车立，热火朝天暮色揽，

夕阳下面龙回头,丽官广厦数龙湾。

(二) 沙滩清晨

清晨,站在金色的沙滩上,
听着大海在拍浪;
青山之巅,
薄雾中洒满了淡淡的阳光。

几只小船还在睡着,
军号已经嘹亮;
休憩的海鸟,
在沙滩排着整齐的列队,
仿佛是在替士兵站岗。
人类千古,
就依托在这蓝色的海床上,
创造着无数跌宕的激情和梦想。

稻香湖 三首

2011 年 9 月

正值中秋节假期,和几个朋友一起到稻香湖游玩。稻香湖湖景酒店的渔园有一个很大的荷塘,荷花已凋谢,荷叶张开。刚刚下了雨,偌大的荷叶上雨露滋润,滴滴雨珠反射着阳光;雨后西山清晰可见,清晨的雾气袅袅升起,缠绕在山腰上,恰似一条洁白的哈达。

（一）稻香湖荷塘

秋天早晨的西山，
从稻香湖畔望去，
美的像瑞士英特拉肯的绿水青山。
雨后淡淡的阳光，
透过薄雾轻纱，
照耀着睡醒了的大地。

粉红的荷花刚刚逝去，
碧绿的荷叶、莲蓬铺满了静静的荷塘；
青松垂柳，桃李银杏，
小草白露，湖中悠闲的黑天鹅；
远山腰上的一层云雾，
像白色的哈达系绕在青山之间。

（二）蝶恋花·稻香湖

京北西山稻香湖，
不见稻花，只见灰楼孤[1]。
问询农夫稻何有？
农夫潸然田无辜[2]。

今日稻乡栏围湖，
渔园荷塘，灯火阑珊处。
琼楼玉宇醉金窟，
唯有廪实稷可固[3]。

[注] 1 稻香湖周边基本上是湿地、灌木,唯有灰色的稻香湖酒店矗立。
[注] 2 名义上的稻香湖已经没有稻香了,稻田早已不复存在。
[注] 3 稷:社稷。古话说,仓廪实知荣辱,手中有粮心中不慌。

(三) 蝶恋花·龙泉寺

凤凰岭上龙泉寺,

寺建山腰,教授做主持[1]。

黄甲校园志愿者[2],

朝四英文诵经词[3]。

佛学殿堂践行知,

上善若水,普渡更需时。

寺小香火何其炙[4],

佛界当属有新师?

[注] 1 龙泉寺位于北京西北部的凤凰岭上。据说,寺中有北京某著名大学佛学院的教授在此当主持。
[注] 2 由于正值中秋假日,寺庙中有很多身穿黄马甲的青年学生在当志愿者。
[注] 3 看到寺庙中张贴的文告,寺中的和尚要凌晨3点钟起床,4点钟用英文诵经。
[注] 4 龙泉寺虽小,但是香火非常旺盛。

秋晨香山 二首

2011 年 9 月

(一) 香山秋晨

秋天早晨的香山,

美的醉人，
金灿灿的太阳悬在青山上面。
天是湛蓝湛蓝，
云是雪白雪白，
棵棵古柏苍松挺拔了百岁千年。

静静的湖面，
映着青峰绿树的倒影，
垂柳交汇，
清荫片片，
小瀑布的飞泻，
淙淙梦感泉流，
奏着哗啦啦的琴声，
远古原来就是这样的。

是一会上天一会下海的人类，
不断毁坏了这样的平静安宁！
现代人的一个心愿，
就是回到这青山翠柏，
山花芳草、竹影扶疏中。

（二）1105 防火站[1]

763 米香山之巅，
住着老两口，
每天守护着美丽的西山。
放眼望去，

几千平方公里大北京尽收眼底。
国贸三期、国家大剧院，
还有那楼房拥挤的回龙观[2]。

北京那么绿，天空那么蓝，
阳光那么烈，空气那么甜，
在首都最高的防火哨吃顿最环保的饭。
看山人自己种的角瓜、苏子叶，
拔出来让你看，
带着泥土的鲜菜，
那环保，那清口，那甜鲜，
吃了这个真能让你多活几年。

[注] 1　这是位于北京香山 763 米处的一个防火站。两位老人长期住此看护深林。

[注] 2　北京天气晴朗的时候，在 1105 防火站可以向东看到京城的很多地标性建筑。

重游十渡

2011 年 9 月

十渡八零年，卅年又思前，
那时青山耸，弯弯清水间。

飞羽颈向天，渡渡石林山，
山间飘白云，水中碧波蓝。

今又来十渡，秀景难寻觅，

马路高架桥,溪水已不见。

片片农家乐,招客红旗展,
众多水泥房,哪有小江南!

地名虽还在,面貌已非然,
难道游十渡,只为农家饭?

锦溪古镇[1]

2011 年 10 月

锦溪古镇贵妃床[2],小桥碧水青瓦房,
摇橹少妇唱情歌,五保湖中沐太阳。

小船悠悠太湖去,数完星星望月亮,
锦溪湖畔亲朋随,同游同乐饮千杯。

古董室中赏古玉,桃花园中想轮回,
人生千古画中画,诗中踱步我心飞!

[注] 1 锦溪位于江苏昆山市西南,是一个有着 2500 多年悠久历史的江南水乡古镇。志载:一溪穿镇而过,夹岸桃李纷披,晨霞夕辉,尽在江面,满溪跃金,灿若锦带,故曰"锦溪"。

[注] 2 锦溪有一个"古董馆",馆中收藏一贵妃床。

上都湖——燕北大风歌　四首

2011年10月

　　上都湖距离北京450多公里。七百年前，上都曾经是忽必烈帝国的都城——元上都。如今虽然已找不到些许历史的痕迹，但是站在这片荒芜与辽阔的大地上，仍能想象得到当年成吉思汗的千军万马。

（一）星夜赶路上都湖

车出京城进怀来，云州古墙独石口，
山无头兮水倒流，落日余晖天尽头。

绿白杨伴干红柳，小路颠簸彩云游，
茫茫草原无边际，伸手摘星放歌喉。

抽空吃碗方便面，穿上棉衣又加油，
一束射灯照黑路，芦苇摇曳迎客来。

星夜赶去上都湖，冷水荒草大漠狐，
铁骑荒原烟浩淼，寻踪元帝弃姑苏。

（二）上都湖赞

早晨从窗外望去，
眼睛忽然一亮，
上都湖是那样的美，

就像一幅油画镶在墙上。

父亲的草原母亲的河，
那景比歌中唱的还棒。
六十万亩的疏林大草原呀，
我为你赞美为你歌唱。
石刀石磨见证了原始人的万年，
三世达懒圆寂在这青青的大草原。

绿树青草黄沙白云，
美丽的上都湖像镜子一样，
波光粼粼，银光闪烁，
鱼儿跳跃，飞羽灵动；
小树绿，柳兰碧，红柳红；
山上望去，真像马赛马拉大草原。

（三）燕北大风歌

阳光下，头戴白云进了山，
险峻的青峰，
翠绿的丛林，
这是金秋美丽的燕山山脉。
但像蜗牛一样的铁马，
几十里排成了排[1]；
人像蚂蚁一样都出来了，都不闲着。
一块上山，一块下海，
长长的古长城，

黑压压的人一堆堆[2]、一片片；
人们是共同脱离了贫困，
才有消费一律的今天。
呵呵，人们多么渴望再有一个长假的七天。

过官厅，进怀来，
塞外风光闪在眼前，
沙化地，瘦石山，
哪有葡萄藤？哪有小江南？
只见旧村庄，还有玉米田。
车进长安岭，已到赤城县，
山中白桦林，红叶满山川；
见山不见日，九曲十八弯，
想起天龙八部客，听见燕北大风歌。

［注］1 正值十一假期，八达岭高速路堵车如同停车场。
［注］2 八达岭长城人山人海，从高速路远远望去，长城上登山人黑压压的一片片。

（四）上都湖边

走近湖边，
一汪芦苇，一阵涛声，
一片青鱼，一群飞雁；
万顷疏林草原的碧玉，
传说中是外星陨石砸出的坑。

多美的上都湖，
天边的碧玉明珠！

白天抬头晒太阳，

深夜伸手摘星星。

木仁高勒苏木草原

2011 年 11 月

出了巴彦浩特，

是那一望无际的大草原，

木仁高勒苏木，

在禁牧中早已空空荡荡[1]。

干枯的小树，

断了炊烟的小白房，

牧民都进了城，

草原上少了俊马白羊。

太阳还是那个太阳，

静静地躺在枯草黄叶的贺兰山上，

山峰起叠，粗犷、野性地张扬，

达赖六世圆寂的南寺[2]金幡飘荡。

[注] 1 2004 年内蒙古阿左旗对木仁高勒苏木实施退牧还草工程。

[注] 2 南寺是阿拉善最大的寺院，是六世达赖的寺院，寺中供奉着六世达赖的灵塔。六世达赖为仓央嘉措。

春节在海南 二首

2012 年 1 月

（一）飞海南

岁月如金这几年，天公送月到君前，
心语飞鸿暖胸壁，畅饮流霞飞海南。
两家亲人一家亲，血脉交融共团圆。

（二）海南红树林

红树林中碧溪闲，淡水海水生命帆，
棵棵绿伞枝相绕，点点枫叶装红颜。

一望无边角果木，野菠萝岛亿万年，
海笋枝枝相思树，亲情脉脉似人间。

梧桐科类假苹婆，植物化石遮青天，
人生苦旅一瞬间，向天再借五百年！

海南看海 五首

2012 年 1 月

（一）晨曦海

清晨，一幅宁静的油画，

映在眼帘。
朵朵白云灰雾遮盖着红日，
艘艘渔船静静躺在蓝色的海面。
大海还在睡着，
只有哗哗的涛声和阵阵咸腥味；
卧龙形的青山，
永远睡不醒地静躺；
只有小鸟在轻轻地歌唱，
用清脆迎接那火红的朝阳。

我也是那么恬静，
没有了思绪，
没有了烦恼，
只有心脏随着涛声在轻轻地跳。

（二）日午海

晌午的大海阳光灿烂，
白云缭绕，
天边青山静卧，
一望无际的大海像翡翠玉盘；
白浪滔滔激起千堆雪，
玉龙翻滚搅动天色一片。

一条条雪白的飘带，
海天一色，海风拂面；
小木船也是白帆点点，

江山如画，海疆无限；
在大海面前，
人类像小蚂蚁，
唯有搏击海浪的英雄好汉！

（三）雾中暮海

宽阔无边的大海，
在大雾中变成了月牙形的海湾，
远望过去，
海天一色相连。
朦胧中的椰树，
在浓雾中摇曳，
潮水在涨，层层白浪，
静静的沙滩，没有了脚印，
只听涛声轻轻地唱。

远处的山不见了，
渔船不见了，
只有我，
静静地坐在一条旧渔船上，
思考着已临近的夜晚，
还有即将到来的明天。

（四）夜海

从海湾远望茫茫的大海，
乌黑一片。

潮涨潮汐，
只见白浪滔滔，
大海像画家一样，
一波一浪地在沙滩上作画。

天上乌黑的云，
一层红黄，一层紫蓝，
翻舞卷舒，遮蔽了星月，
真是一幅泼墨画！

渔船星点的亮光，
闪烁在海面上。
远山有些寒凉，
绿被黑墨遮盖了，
但多少个白天，
青青的山峰又被太阳照亮。

（五）海悟

节日在海边休假，
静静地观海让人醒悟。
虽然，有人把大海看做一盆水，
但这是某些圣人的诗词。

大海，海纳百川，
包容无比，胸怀最开阔；
大海，无欲而求，无私奉献；
大海，总是在最低处，

做人也应像海一样低调才更大气；
大海，深不见底，
孕育着无穷的能量；
大海，不知疲倦不停地奉献；
大海，随心所欲，
从不惧怕沟壑涯险。

大海，
有时温柔，有时咆哮；
有善有恶，
养育着地球和人类，
有时又毁灭着地球和人类。
大海是人类开放交流的摇篮，
也是海盗经济的乐园。

封海，使中国成了闭关锁国，
只会落后挨打；
蓝海战略，
航出了西方列强，
也为现代的我们提供了机遇与挑战。

新年登慕田峪长城

2012 年 1 月

2012 年元旦假期，和刘菲一起去怀柔登慕田峪长城。望着洒满金色余晖的长城，望着满山的青松翠柏，心情开朗，赋诗一首。

艰难跋涉钟磬山，秀美长城慕田峪，
群山碧岭层层卧，建关修城塑北齐。
古时徐达修边关，羊驼城砖可歌泣，
落日余辉出晚霞，朵朵红云展旌旗；
我迎寒风望塞北，真想步行一万里。

鹭岛[1] 皓月

2012 年 2 月

城在海上白鹭秀，海在城中皓月风，
鹭岛小城是慢城，台湾海峡数星星。

形似银锭金门岛[2]，曾经日夜炮火轰，
本是同根同祖籍，火树银花共太平。

今日鹭岛广厦起，两公里外是金门，
架起海上观光路，扬我郑公[3]大明风。

[注] 1 厦门是一座风姿绰约的"海上花园"。厦门的地形像一只白鹭，因此厦门被称为"鹭岛"。
[注] 2 金门岛形似银锭、哑铃，中部狭窄，东西两端宽广。
[注] 3 郑公指郑成功。

香港大屿山

2012 年 3 月

青青大屿山，翠柏红杜鹃，
兰海托仙岛，彩云绕山间。
大佛云中坐，佛国罩南天，
吃斋宝莲禅，许愿菩提亭，
翘首拜巨佛，昂坪观自然。

又进藏　九首

2012 年 4 月

（一）再进藏

五月春晚再进藏，高山雪原又缺氧，
纵然蓝天江水碧，八尺男儿慢步量，
呼吸促短头发紧，只为再品美风光。

（二）雅鲁藏布江峡谷

雅鲁藏布江，
激发了我走进大峡谷的热望；
尼河藏江的交汇，
更搅动了我登峰观峡的心肠。

一路上，看河谷，穿森林，
照全景，走藏乡；
噢！全世界最美的景色！
这哪里是神秘的西藏！

一步一叩的长拜，
晶莹剔透的雪山；
翠绿绵延的江水，
时隐时现的彩云；
诚实友爱的藏民，
这一切都融入在山峰陡峭的大峡谷中。

杀了我那么多的数码菲林[1]，
一生中，见过无数美景，
神秘西藏，
再一次撼动我那好奇的心。

[注] 1 菲林，即英语 film，一般指摄影用的感光片、胶卷及电影用软片。这里意指照了很多数码照片。

（三）鲁朗——神仙居住的地方

翻越斯基拉雪山，
鲁朗仙境映眼前。
几十公里的大山谷里，
满目茂绿的松柏、雪杉，
还有那瑞士小屋，静立的牦牛，
枣红的小马，温顺的山羊；

真像阿尔卑斯的高山草原。
这里没有喧嚣，没有铜臭，
只有安宁，只有鸟叫。
这里是神仙居住的圣地，
人进来了，
也只是一棵棵无人知道的小草。

（四）林芝雪山

千里绵延壮美的雪山，
那是魂飞心想的雪山高原。
几十亿年的冰川，
永远的白云蓝天，
英姿勃发的雄鹰，
融化冰雪的阳光，
沉睡亿年的金山，
虔诚朝圣的佛禅，
还有那壮健的牦牛，
风驰的俊马和雪白的小羊甜；
这就是，走进林芝的高原雪山。

（五）色季拉山

色季拉山兮，九曲十八弯，
层层粉树林，叠叠绿相间。

盘山登峰顶，又见大雪山，
山顶绿草甸，高山大草原。

回首望天边，云中全是山，
山中平原处，镇镇起吹烟。

皑皑山路回，铁甲风驰雪，
林芝小城静，天客走进来。

[注] 色季拉山位于林芝县以东，属念青唐古拉山脉，是尼洋河流域与帕隆藏布江的分水岭。

（六）林芝分界线

中流砥柱分界线，前方绿洲后边雪，
一进林芝青山碧，青藏高原小江南。

尼洋河水波涛翻，葱葱松杉罩山川，
白云薄雾卷峰尖，紫白红色是杜鹃[1]。

山间青松雾中立，天边袅烟迎客来，
雪域绿洲奇林芝，太阳宝座寓意含。

[注] 1 色季拉山的杜鹃花4月中旬到6月底，从山脚到山顶依次开放。尤其是进入6月份，整座山上的杜鹃花全部绽放，黄色、白色、紫色、大红、浅红、粉红等，形形色色，千姿百态，形成花的山，花的海，气势极为浩瀚壮观。

（七）参拜大昭寺

一路流星赶藏宫，布达拉殿参观停[1]，
驱车先拜大昭寺，释迦牟尼放彩虹。

历史深髓华丽殿，一柱檀香千年灯，
岁岁金粉佛身贴，不枉千古后来人。

头晕打晃拜如来[2]，字字真真记心怀，

真想来世度金身，佛法佛光祖佛禅。

[注]1 下午飞机到达拉萨嘎贡机场，驱车赶往布达拉宫参观，不料布达拉宫闭馆了。

[注]2 由于刚下飞机就赶往大昭寺参观，寺内游人又多，高原反应非常强烈。

（八）往林芝路上

太阳大大的，红红的，
云层厚厚的，灰灰的。
我们奔向向往已久的林芝，
318川藏路，拉萨河白杨树，
美湿地大山谷，炊烟起小藏屋。

（九）巴松措

刚领略了大峡谷的壮美，
又快马奔向莲花生大师的魂湖——巴松措。
一路上，山在动，
江在奔，云在飞。
一路上，我眼观景，手在动，
相机不停咔咔声。
艳阳下，
高耸的雪山环抱着一汪翡翠水，
波光中，
鳞峋着美轮美奂的巴松错湖。

扎西空心岛，

红教庙的小岛,
村民说,这湖是女神的化身,
上身是龙女,下身为蛇身,
小岛是龙宫。
僧人却说这是圣湖,
是由印度僧人创建,
里面有红教大师的魂。

[注] 巴松错又名错高湖,藏语中是"绿色的水"的意思。巴松措景区集雪山、湖泊、森林、瀑布牧场、文物古迹、名胜古刹为一体,景色殊异,四时不同,各类野生珍稀植物汇集,实为人间天堂。

惠州西湖[1]吟

2012年5月

清晨静思望窗外,半城山色半城湖,
山水融合为一体,想起当年苏东坡。

才高八斗外来客,"东坡到处有西湖[2]",
桃源丝丝凉风致,贬后落寞才子心。

清纯秀美小西湖,葱茏掩映品茶茗,
青山叠翠飞鹅岭,天水曲径孤山亭。

惠州西湖赛杭湖[3],海内奇观一色秋,
我也想做东坡君,走遍山湖采民风。

[注] 1 惠州西湖位于广东省惠州市区内,原名丰湖,史上曾与杭州西湖、

颍州西湖齐名。

　　[注] 2　三个西湖出名的一个重要原因，是它们都曾经是宋朝大文学家苏东坡被贬到过的地方。因而有"东坡到处有西湖"的词句。

　　[注] 3　历史上曾有"大中国西湖三十六，唯惠州足并杭州"的史载。

蒙古包阿拉善

2012 年 5 月

蒙古包中热得像盛夏，
那是成吉思汗的家。
学者，村长，企业家，
聚集在阿拉善的旗帜下。

我们都有一个共同的理想：
创造崭新的华夏！
我们的血脉相连，
都想有个生态的家；
我们是地球村人，
在环保发展中升华；
我们是新人类，
不能透支后代自我摧毁。

我们渴望碧水蓝天，
我们向往满目青翠烂漫山花，
心灵绿洲是那样纯洁；
环保意志像参天青松永远正直挺拔！

朦胧之中看帆影

2012 年 6 月

朦胧之中看帆影，一杯含香好龙井，
清荫片片瀑布泻，山花竹影扶疏中。

青山叠翠云雾中，一叶小舟画中行，
碧水银波摇橹声，炊烟缕缕炉灶红。

秀美青山云雾浓，淙淙梦感泉流中，
人有千古英雄在，苍茫宇宙意无穷。

腾冲游记 八首

2012 年 6 月

（一）我们是"滇军"

端午节和几个朋友一起去腾冲旅游。正值雨季，飞机航班变动频频，有的甚至取消。无奈改乘汽车从昆明绕道赶往腾冲。

机场待机弃，高速行车急，
山高雨水深，游客成"滇军"。

侦察航班次，时时看预报，

颠簸走夜路，日行心如焚。

迷路找的哥，景点个个新，
走遍西云南，风景这边奇。

（二）游大理

过保山，脑海中留下破旧的记忆，
彩云飞，进入美丽的大理。
大理国，一个文献的名拜，
人情调，风花雪月的足迹，
洋人街，酒吧台外的小雨，
爵士乐，这里也有纸醉金迷，
远望去，那是雄健的苍山，
回眸看，蓝洱海又透着柔媚的传奇。
沧桑古城，承载着世世代代的人类，
地球上，还有多少这样的画中画、天边水？

（三）热海清晨

清晨，鸟儿的叫声让我开始了新的一天。
推开木窗，满眼的绿色，
空气是香甜的，
那大树，那炊烟，那远山，
还有那冒着热气的温泉。
拿把伞，淋着小雨，我们下了山，
三角梅，枇杷树，小桥，白亭，
像画一样的诗境让人飘飘成仙。

一眼望去，红绿灰蓝紫，
一个彩色的世界，
一个天天进入梦色的地方。

（四）和顺古城

腾冲和顺小古城，历史川军为屯兵，
古巷牌楼二百年，远征军部展雄风。

"和顺和谐"镕基写，"内和外顺"瑞环评，
个人筹款建展馆，见证倭寇耻辱中。

男人路石尽坎坷，女儿步道街石平，
古巷马帮文化存，冰清玉洁烈女行。

小城文化待挖掘，和顺更应共和谐，
奈何铜臭肆城廓，太多车马喧嚣声。

（五）热海温泉

夜路穿越黎贡山，披星戴月进温泉，
融入青山翠峰谷，心境远离俗人间。

暝中听蛙仰头望，月空清澈天星繁，
暂离人生苦旅步，淙淙清水润心田。

（六）观热海温泉

满目青山三角梅，层林尽染我心飞，
三百年前大滚锅，山中观海雾云霏。

山根护宝耀龙光，池底生珠辉玉色，
怀胎井下美女池，似仙出浴酒为诗。

鼓鸣泉声振人心，美女泉上美华裙，
火山国里温泉乡，霞光年轮忆故人。

（七）高黎贡山雾中行

高黎贡山夜路难，青烟浓雾十八盘，
右侧悬崖左边峰，只见五步青石板。

后悔不该赶夜路，掠美江山把命悬[1]，
雾迎白光扑面来，声声息息汗溢拳。

［注］1 由于天气原因，本来乘飞机飞腾冲的行程改为开车前往。谁知夜行高黎贡山雾大，盘山道甚是难走，我们坐在车上提心吊胆，手心都攥出汗了。

（八）过德宏芒市

德洪奔腾冲，夜过母贡山，
踩云驾雾驰，翠峰已难辨。

峡间小镇静，木康边防站，
天边隐红云，龙玉藏山涧。

披星进德宏，不知市容颜，
戴月寻仙境，要过九重天。

翠湖湿地 二首

2012 年 8 月

（一）翠湖湿地公园[1]

翠湖粉荷绿波澜，垂柳锁岸似江南，
高浓负氧甜丝丝，摇橹吱吱画青山。

芦苇荷塘红莲花，知了鹈鹕叫呱呱，
灰雁白鹤黑天鹅，碧湖清清水映霞。

鱼鹰桩头向天丫，密林深处无人家，
偶见远方炊烟起，叶叶小舟丹青画。

追溯海淀五百年，八十绿水好稻田，
人类用尽地下水，湿地只剩小泥丸。

七百公顷环湖园，江南水乡京城建，
励志寻回古湿地，重现生态绿海淀！

（二）蝶恋花·翠湖湿地

红船吱橹荷塘间，
水葱莲蓬，荷花依涟涟。
鱼儿嬉戏游弋欢，
鱼鹰威武立塘前。

百倾湿地实罕见，

千种飞禽[2]，自在栖息闲。

京城肺叶雾瘴掩[3]，

还我生存艳阳天！

[注] 1　翠湖湿地位于北京市海淀区上庄镇，是国务院批准的第二批国家级城市湿地公园。规划占地面积 700 公顷。

[注] 2　湿地公园环境优美，湖水清澈。成为候鸟在北京过冬或中转南迁的优选之地。目前已有上千种飞禽在此落户生长。

[注] 3　从卫星图上看，京北的绿地是北京的大肺叶。随着城市的发展，这个肺叶越来越小，北京的雾霾越来越严重。

佛山行　二首

2012 年 8 月

（一）灯城小榄古镇

从阔别十年的禅城出发，

赶向中国灯都中山小榄古镇，

那真是一个光明的天下。

一个个工厂，几十座大厦，

千万盏明灯，

在市场中尽显芳华。

地球上有一半的灯，

在这里生产，

只有广东，

才能创出这样的神话，

千万颗长夜北斗,

拼出最美的嫦娥夜画。

(二) 顺德国际家具城

顺德国际家具城,三十里街路难行[1],

商厦坐坐紧相邻,听到轰轰擂台声。

件件精品价不菲,淘货全在性价中,

市场经济看规模,专业竞争看广东。

[注] 1 顺德国际家具城延绵 30 里,商铺鳞次栉比,车来车往,交通非常拥堵。

兰州西宁路上 三首

2012 年 8 月

(一) 绕中国半圈的一天

凌晨 5 点赶到首都机场,

三小时后到西宁讨论项目方向;

中午与省委书记共进午餐,

小憩后奔驰在往兰州的路上。

傍晚六点,过兰州匆匆一看,

抢时间,飞一般赶往兰州机场;

吃碗拉面,又飞往重庆方向。

夜已深,出机场往成都,

三小时后蓉城歇个脚，
四更天重登青城山。

（二）西宁路上

高速路上拼高速，黄土山沟一条路，
掀起灰色盖头来，兰州老城细目睹。

汹涌黄河城中过，高楼林立水泥柱，
千军万客急功利，中华现代市井图。

（三）晨飞西宁

清晨乘机飞西宁，高原雾雨阻飞行，
盘旋轻松落下去，西疆一座现代城。

京藏高速进甘肃，祁连山脉岩土红，
雨后春笋高厦起，倚仗投资好环境。

高原黄土菜花绿，老鸭峡上净空碧，
陇上千年悲凉泪，尽显西凉大漠风。

赞砂锅居

2012年9月

又来西四砂锅居，三百年来吃不腻，
白煮手法烹一筵，岂止乾隆清宫里。
砂锅白肉炖吊子，京都一绝属第一，

白色肉片美酸菜，清香入口五味齐，
百世流芳誉京城，中华美食浓一笔。

走进神农架　十四首

2012 年 10 月

（一）往宜昌

驱铁甲，过三峡，直奔神农架；
山虽秀，水已枯，路扬尘土花；
采石急，山峰破，沟沟大开发；
误后代，毁环境，人类付代价。

（二）走进神农架

星夜，经过七小时的颠簸，
终于，走近神秘的神农架。
儿时，怀揣着多少好奇心，
今天进山，除了野人的引路，
还倚仗那中秋的玉盘天庭。

（三）神农架的甜美

打开窗户，空气是甜甜的，
满眼是赤绿青紫兰，
这是神农架的主题色，
那山色之美，已把五彩九寨超过。

清晨起晚了,
是因为那十六万的负氧离子,
人可以醉氧,
难怪一个失眠者会睡得那样的香。

出发了,进山门,
去看那美丽的姑娘。
那大山,青翠欲滴;
那青峰,千里连绵;
那白云,朵朵飘动;
那微风,起舞翩翩。

(四) 神农架金丝猴

七彩层林围木屋,屋中群居金丝猴,
一夫多妻小情圣,王宫贵族尽风流;
金背蓝脸金星目,千金万银也难求。

(五) 神农谷

天下第一神农谷,千里青山长空腑,
怪石悬崖青峰立,假想野人舞山旗;
只见粪便怪脚印,不解千古野人谜。

(六) 七律·神农大森林

走进原始大森林,栈道两边林木奇。
巴杉冷杉红桦树,清泉箭竹红杜鹃。

潺潺小溪清流水，临台听溪双目明。
松鼠蜻蜓太阳鸟，多像塞外风铃声。

（七）神农风采

板壁岩边立石林，刺破青天锁白云，
那边五彩青山卧，这边碧海化石身。

千里连绵青山在，万里彩虹云天外，
神秘神奇又神圣，赤橙黄绿满山脉。

疑是神仙天笔绘，层林染透尽是彩，
诗中诗来画中画，景中景来爱中爱。

（八）神农架云雾

神农架的烟雨云雾美得让人心醉，
刚刚还有淡淡的阳光，
忽然，一阵轻风，
一股冷气，一层层薄纱，
笼罩了秀美的山川大地；
那么清新，那么凉爽，
那么令人心旷神怡。
青山蒙上了透明的盖头，
静静地远望，
什么都是朦胧的，
能看到的，
只有那漫山的山花之王红杜鹃。

（九）天生桥

岩隙大瀑布，小溪青石过，
鹰潭冷水碧，青石溪苔绿。

云在脚下踩，水从天上来，
退思桥潮退，促成美红尘。

畅饮天泉汁，炎帝炼丹露，
又过观音桥，冷水娃鱼亲。

上了虎跳溪，近见相思树，
终到清风桥，回走木栈道。

巴蛮茅居屋，口渴品葛根，
路过心舟石，做人要开阔。

（十）神农百草园

神农架中百草园，
七叶一枝花，江边一碗水，
头顶一颗珠，文王一支笔[1]，
大百合，八角莲，
一千多种百草之王，
中华之最千年铁坚杉，
祭炎帝神农氏，牛头人面像[2]。

[注] 1　七叶一枝花、江边一碗水、头顶一颗珠、文王一支笔是神农百草园名贵珍稀药材的称呼。

[注] 2　据说，神农氏生下来是牛首人身。

（十一）神农架看山

清晨，令人欲醉的负氧离子，
让空气充满了香甜；
那山，那树，那天，那云，
又是一幅凝静的油画。

千古往事，沧海成石，
青山久远地静卧在大地；
朵朵白云，淡淡的雾，
轻轻地罩在红红的太阳上，
彩色的丛林灌木，
已深深地扎根在大山里。

没有炊烟，没有欢声笑语，
只有太阳鸟在轻轻地歌唱，
在讴歌大山，
在赞美那火红的太阳。
我，大口地呼吸着，
美美地望着，静静地思想着，
这一切，都满足了我的双目，
滋润了我的心房。

（十二）五律·又来东湖边

从神农架下来，到东湖散步，看到当年毛主席下榻东湖宾馆时在东湖闲庭信步的纪念标志，即兴赋诗。

又来东湖边，往事如云烟。
浩荡美东湖，主席踱步闲。

胸怀天下事，"文革"起波澜。
越武扬鞭过，长河已千年！

（十三）到钟祥

从神农架到钟祥，警车等在高速旁，
看显陵，吃节饭，湖边酒店诉衷肠。
想未来，解现状，共同憧想新钟祥，
钟祥人民真实在，纯朴民风好风光，
千年曾有王者兴，新人建设美钟祥。

（十四）古村寨

客店镇娘娘寨，二十户八十人，
人口平衡最奇怪，无人能解这个谜。
生一个，死一个，
妇女一临盆，老人就心颤，
不知谁又将过世，重新平衡古村寨。

[注] 1 在钟祥有一个娘娘古村寨，几百年来都是只有 20 户 80 人，人口自然平衡，生一个就会死一个。这种自然平衡非常奇特，目前无人能够解释。

昆曼高速

2012 年 11 月

千里昆曼走高速，云中绿海轻纱雾，
花中走来画中游，南疆最美天马路。

百里青峰大渡岗，野象球场彩云谷，
翠松绿草三角梅，松鼠山鸡一品红。

蓝天艳阳彩虹路，凌空尽是白玉珠，
首创作品天边玉，竟是仙境翡翠湖。

无锡惠山古镇

2012 年 11 月

无锡北塘惠山镇，百家祠堂好寻根，
宗族议事好威严，文豪宰相官三品。

杨家顾家范仲淹，青竹墨宝后来人，
陆羽神泉茶文化，康熙乾隆江南巡。

家事国事天下事，千古小镇有精神，
米市布市石码头，战国商圣范蠡君。

五里香藤祠堂复，古刹惠山浜水街，

十里青砖百官路，运河快船红霞斜。

野象谷抒怀　二首

2012 年 11 月

（一）野象谷晨曦

久违了，美丽的北斗七星。
黎明前，大渡岗的山还在沉睡，
山谷中是那样的宁静，
只听到小鸟那欢乐的歌声。

空气是甜的，
气温又那么凉爽，
夜幕中，
虽然看不见那雨林中的五彩斑斓，
但那赤橙黄绿还是占满了我的心田。

抬头望去，静空中，
是那久违了的北斗七星。
在污浊的万里空间大地，
这里还保存着一片净土碧空，
这里还能清晰地看到，
在银河中闪烁的群星。

黎明来临了，

一层层黑云上面开始透着红，
星星渐渐隐去，
喷薄欲出的是那火红的太阳。
青山雪岭醒了，
朵朵彩云开始舞动。

远方撒尼族的小屋冒出了缕缕炊烟，
万物灵动又开始了新的一天。
人类呀，
生活在这种蓝天碧水的环境中该多美，
怎么也不该为了金钱和名利去争斗。

（二）野象球场

野象球场，
镶嵌在美丽的彩云之南，
北京已是严冬，
这里仍是五彩斑斓。
那雨林，那梯田，
那翠绿，那草甸，
还有那朵朵红云，片片蓝天。

响着铃声的茶马古道，
泼水节中姑娘的呐喊，
一座一座的青峰雪岭，
四季常青的经线纬线。
在我的镜头里，

醉人的美景，
占满了每一个甘甜的瞬间。

眼睛和美景一刹那的结合，
使我生命的烈火永远燃烧不完。
我们梦想天堂，
我们憎恨地狱，
要想精彩地延续生命，
常来一来野象球场，
常梦寻那神奇的彩云之南。

惠州红花湖

2012 年 12 月

高榜山上挂榜阁，名人名像状元榜，
市民好事挂竹竿[1]，记录惠州艳阳天。

红花湖绕高榜山，十八里路十八湾，
翡翠峰下玉带湖，相思树下红杜鹃。

夹竹桃中火焰木，人民微笑心美苑，
万里江山万古存，百姓幸福自平凡。

[注] 1 在惠州有一风俗，市民做了好事都要将其好事写成文章挂在高榜山的竹竿上，以示宣传。

游海潮寺

2012 年 12 月

大鼎山上海潮寺,建于明朝万历年,
山僧真发刻首创,香火延续五百年。

九八重修积德庙,片片沧海变良田,
三个球场万顷绿,场场连着药王山。

沙路竹林薰衣草,蓝天灰云小河弯,
荷兰风车芦苇荡,雨后彩虹艳阳天。

灰鹤白鹭水中戏,船上沉思谋明天,
青青山脉仍沉睡,悠悠万古记云南。

千秋过去万代人,荷花凋谢留干莲,
红砖马房西洋客,飞天白马数百万。

匹匹坐骑女赛手,沙驰烈马越钢栏,
骏马还需豪杰驭,骑士当有英雄胆。

罗浮山游感

2013 年 2 月

百粤群峰罗浮山,天下仙境峙岭南,
毗邻惠州美西湖,雄立南海大亚湾。

第一禅林大福地，道教第七大洞天，
大小山峰四百座，青山绿水飞瀑泉。

葛洪创建四大观，公元三百二七年，
东南西北四座庵，莲花湖上冲虚观。

大道无为太虚幻，尽在青山绿水间，
道近虚空变法界，天人合一道自然。

人有精神快速路，道有规律无极限，
群山之首大福地，养生健体度假闲。

罗浮山境美又险，师雄梦梅炼神丹，
仙凡路别洞天阔，百里盘桓气冲天。

史记罗浮群贤至，李白韩愈柳宗元，
杜甫苏轼杨万里，笔下句句是经典。

千年香火千年度，不尽香客续青烟，
千古才子千古去，滴滴墨宝万代传。

韶关行　二首

2013 年 2 月

（一）韶关南华寺

青山碧水美韶关，南华禅寺宝林山，
唐朝上有武则天，六祖坛经振岭南。

世界十大思想家，孔子老子六祖三，
千五百年香火旺，菩提桂花白玉兰。

罗汉彩瓶宝中宝，佛祖师徒真身在，
千古禅师千古训，不灭香火绕青山。

（二）丹霞山

举头仰望丹霞山，翠竹碧水断层岩，
阳元山对阴元山，宝物直冲九云天。

水上观看丹霞山，百里锦江美画栏，
赤壁丹霞碧湖水，奇石怪崖画中天。

船游水中人画中，水上凉风入骨寒，
二月青山依旧绿，葱郁翠野拥红岩。

香港西贡码头

2013年2月

西贡码头出海去，地质公园海中山，
碧海波涛青山在，四成都是海礁岩。

起航先到桥咀州，雄美火山岩边缘，
那时还没新人类，一亿四千万年前。

悠悠万古史前期，香港曾是大火山，
木麻黄树红开花，厦门湾上白沙滩。

西贡高球挥杆欢,太阳能板小游艇,
吊钟洲山青条岩,水洞雄鹰白海雕。

人类渺小是瞬间,羸弱人类生命短,
安宁声中福音传,海风袭中度小年。

雾霾东湖

2013 年 3 月

雾霾之下游东湖,百里卧岭无绿树,
万里长空灰云罩,怎比西子美姑苏。

武汉已失生态美,不见木船打渔夫,
九省通衢富商埠,辉煌历史已作古。

六千多万鄂子民,痛失蓝天落后苦,
赶紧奋起追沿海,莫唱悲歌秦欺楚。

成都蜀南竹海 五首

2013 年 4 月

(一) 成都也雾霾

成都也是雾霾都,十里长空灰云布,
成雅路已无高速,绿树丛中无绿树。

建筑粉尘车尾气，盆地成团难导疏，
才饮东湖不静水，又食蓉城江团鱼，
北京南下避浊雾，怎料南国无碧空。

（二）蜀南高速

避峰峡过青衣江，油菜花黄大渡河，
雾中翠来绿中雾，百里碧海乐思蜀。
农家小屋炊烟袅，铁骑难舍雾中景，
心中想着南竹海，大步流星往宜宾。

穿越层层卧岭山，云消雾散太阳红，
想起三国诸葛相，怎越蜀道瘴气屏？
忆起解放大军至，哪有天路降神兵？
如今高速悬崖过，千秋才见巴蜀通。

茶马古道老起点，岷江长江金沙江，
古有苏轼王羲之，醉生白酒庆凯旋。
竹林大道通蜀南，万千碧竹汇成片，
百里竹生百里翠，如梅止渴醉氧园。

（三）都江堰茶亭小憩

都江堰上宝瓶口，南桥头上大茶亭，
岷江河鲜小吃多，品口香茶竹叶青。

内江冷水是空调，盛夏纳凉沐清风，
采采耳后捏捏肩，尽收美景乐融融。

（四）宜宾路上

告别蜀南竹林路，宜宾小城刚睡醒，
绿野丛中小村落，缕缕炊烟飘云空。

高速好似银河路，铁马风驰过自贡，
千年盐都恐龙乡，香樟紫薇美灯城。

（五）品火锅看川戏

蜀九香店涮火锅，红白汤料辣口舌，
牛羊肚丝爽口菜，麻辣调料香油多。

巴人蜀民天天涮，情真性烈天府国，
蓉城茶馆老顺兴，小吃汇集红火锅。

滚灯手影变脸戏，可笑神秘表太平，
喝茶顺兴吃小吃，散打鸣盛听川戏。

福建行记　五首

2013 年 8 月

（一）夜奔莆田城

厦门直奔莆田城，高速路上有夜灯，
同安过去是泉州，资本早年壮苗头。

建材服装好发达，家族工厂品牌多，
华侨同仁遍世界，早年出家四海游。

莆田小城真发达，全国经商遍地花，
建材家具私医院，家家户户营钢材。

水果海鲜出莆田，倚仗内海富海岸，
掌上明珠妈祖岛，香火永续求平安。

（二）码头见闻

妈祖文化湄洲岛，停车混乱私营闹，
统管统疏统收钱，市场规范铁律条。

破旧游船载百客，大汗淋漓海上飘，
若是不为拜妈祖，谁流汗襟迈双脚？

（三）湄洲妈祖庙

妈祖信仰发源地[1]，数百天阶拜妈祖，
心诚渡海求平安，狂风暴雨祈祖保。

十四公里湄州岛，三万岛民乐陶陶，
欲弃千年轮船渡，妈祖不允架天桥[2]。

[注] 1 莆田妈祖庙是妈祖信仰的发源地。2006年5月25日，妈祖祖庙和祖庙的"妈祖祭典"分别被国务院列为第六批全国重点文物保护单位和第一批全国非物质文化遗产。

[注] 2 从莆田到湄洲岛，必须经过轮渡，这给妈祖信仰者带来极大不便，当地政府及居民曾动议建一座跨海大桥，但是最终没有得到认可。

（四）泉州记忆

这是一个文化古城，

丝绸之路的起点。
宋元间曾经有世界级的港口,
与台湾隔海相望,
是个富有侨乡。
有古开元寺,
清源山、崇武古城,
还有欧式建筑,满城红砖。

石狮、晋江两富县,
福建首富,历史悠长。
西周秦汉闽越地,
晋朝中原战乱入泉州;
思念晋故土,
晋江美名由此传。
泉南佛国、海滨邹鲁,
声华文物、海内称雄,
华侨五洲四海,
富贾多如牛毛。

临海几公里是金门岛,
隔海打了十几年的炮,
现在安宁了,
夕阳下,
血红的天,
小岛像一艘睡了的战舰。

（五）福州三坊七巷[1]

福州三坊古七巷，条条坊巷自宋唐，
中华十大文化街，活化石中古理坊。

水榭戏台刘家院，严复故居白瓦房，
亭台楼阁花草木，五柳松客多辉煌。

达官显贵文化人，锦衣进士探花墙，
千年往事坊巷说，福州文化有沉香。

[注] 1 "三坊七巷"是福州市南后街两旁从北到南依次排列的十条坊巷的简称。向西三片称"坊"，向东七条称"巷"，此街区是中国十大历史文化名街之一，基本保留了唐宋的坊巷格局和较好的明清古建筑，被誉为"明清建筑博物馆"。

往上都湖路上 二首

2013 年 8 月

（一）银杏——阿拉善 SEE[1] 的象征

银杏，
一种金贵的落叶乔木，
四月开黄花，
十月成白果；
顽强的生命力，
像活化石一样扎根在植物王国。

贵州福泉的银杏，

已经顽强地生长了六千年。
遥溯古今，历尽沧桑，
目睹了人间的苦乐变迁；
枝叶优雅，葱郁端庄，
是有顽强生命力的艺术雕像。

银杏，
象征着我们的阿拉善，
她的生命力极强，
创建时枝叶稀松不多，
但走过了十年风雨，
阿拉善已经越发茂盛茁壮。

春夏翠绿，
树干挺拔，雄伟优雅，
象征我们的组织，
预示阿拉善人的绿色理想。

深秋金黄，
饱满的白果，伞形的华盖，
象征着我们的 SEE，
越来越成熟芳香，
越来越壮大闪亮！

我们的种子会洒遍中华秀美的大地山川，
让千千万万金黄的银杏，
传播承载阿拉善人金色的梦想，

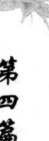

让大地都是蓝天碧水的景象。

[注] 1 SEE是阿拉善生态协会Society of Entrepreneurs & Ecology 的英文缩写。

（二）塞北的秋景

张家口，塞北小高原，
裹着灰云的天；
长满枣林小白杨的无头山，
没有江南的秀美，
却有塞北的彪悍。
百里疏林大草原，
树在草原中，
草在树林间。

多美的牧马地，
多冷的旷野人间！
不见炊烟袅袅，
只听车轮飞转；
不仅有秋夏的野美，
还有春冬的苦寒。
虽有元朝的中都上都，
但只是短暂的皇权；
草原走出过大帝，
也只是历史长夜流星一点。

人类愿集聚文明，
人类愿贴进温暖；

平坦的高速公路，
小镇的瓦房红砖；
听不够的马头琴，
闻不够烤羊烟。
在这里也是生活，
在这里一样生息繁衍。
人生到底要什么？
真想走进草原大声呐喊。

呐喊一生的奋斗，
人为什么总脱离不了挣钱？
呐喊诱人的货币商品，
造就多少英灵半生的劳疾病缘！
呐喊不尽假话虚事，
呐喊跌宕的苦乐年华，
呐喊我想在草原上扬鞭策马，
呐喊有我自己的精神家园！

锡林郭勒大草原　二首

2013 年 8 月

（一）赞锡林大草原

青青绿草碧蓝天，走进锡林大草原，
父亲草原母亲河，放开歌喉心更甜。

锡林郭勒美图锦，草原雕飞马头琴，
潺潺小溪绕家园，草甸疏林白马俊。

尽看草原风光路，风吹草低牛羊见，
幅幅油画风景墙，木杆毡毯蒙古包。

那达慕节蒙民聚，敖包传情彩旗飘，
千古光照千古绿，美比非洲大草原。

四季光影四季拍，我的草原我的天，
眼看美景一刹那，心中深爱我中华。

（二）走进锡林郭勒

元上都坐正蓝旗，欢快旅人唐吉魂，
酒醉天堂人人醉，心醉金秋金风爽。

蒙古可汗游牧民，成吉思汗打江南，
灭金之旅野狐岭，大元太祖震草原。

人与自然原生态，天人合一心对话，
儿时天天近自然，满天繁星舞银链。

无垠草原太平坦，才有塞北土城关，
扭曲灵魂在现代，资本主义进田园。

千匹骏马草上飞，自然之美还自然，
多盼大地青山翠，神州处处彩虹环。

安庆行 四首

2013 年 8 月

(一) 名城安庆

千年东晋千年城，历史名城文化灵，
沿江富有江岸长，水陆发达腹地深。

咸丰民国百年府，洋务产业发源地，
黄梅戏品安庆人，父子宰相张廷玉。

开天建党独秀君，佛界宗师赵朴初，
小说读透张恨水，皖剧黄梅严凤英。

外交前辈有黄镇，导弹之父邓稼先，
小城不小战略地，投资安庆写新篇。

(二) 七绝·听黄梅

初听黄梅春香传，小溪流水甜甘泉。
英男俊女美乡音，黄梅句句唱情缘。

(三) 无题

海水红似胭脂酒，黄梅一曲别海滩。
莫教相思寄红豆，早回家乡饮清泉。

（四）七律·山野风

茶歌飘在人心上，黄梅好听乡音亮。
俊郎对姐又对花，山野之风吹到家。

从未听过天音曲，黄梅声声染红霞。
愿君常有黄梅伴，白雪巴人动情花。

滇池云岭有感 二首

2013 年 9 月

（一）望滇池

五百里滇池搏大浩荡，睡美人卧躺绝壁西山，
灰云密布已无彩虹可见，白浪污迹击碎翡翠玉盘，
亿年山海千古风云在，怪人类毁山海污青天。

（二）阳宗海

穿过阳宗海，十里云岭秀，
天高云不淡，碧岭彩云间。

玫瑰彩绣球，清谷跳舞兰，
静卧汤池镇，负氧空气鲜。

池池温泉热，户户仍耕田，
粒粒高球飞，真真美人间。

屯兵关索戏[1]，斗村烟雨奇[2]，

放歌牧马去，澄碧好庄园。

[注] 1 阳宗海南面的小屯村，相传为三国时随诸葛亮南征将领关索屯兵之处，村人至今仍演唱古老的傩戏，俗称"关索戏"。

[注] 2 每逢夏秋季节，登高俯瞰阳宗坝子，各村寨均清晰可见，唯有北斗村烟笼雾罩，一片茫茫，古人称此奇景为"斗村烟雨"。

湘西美神山——张家界　七首

2013 年 9 月

（一）明月张家界

中秋张家界，
明月下是一片银星点点。
同银河比，
多了一点点红，
那是张家界城，
那是人间。
没有廊桥的小机场，
坐落在灯红酒绿的城中间；
宽马路，水泥楼，按摩院，
早已没有了我心中那野奢质朴的十年前。

那是十年前的记忆，
一座小小的旅游山城，
几个不大的酒店，
葱葱绿树下的小路，

扑鼻的湘菜味,
本地的原腔古戏,
天柱山的神笔仙峰,
还有那高悬空中的天门洞。

今天,很多已不复存在,
今天,古朴的小城已换新颜。
看着十五的皓月,
穿过秀美险峻的山峰,
直奔早已向往的武陵源,
期待明天要去的金边溪、天门山。
深夜了,月是那么圆,
看着亲人,心中是那样的甜。

(二)走进武陵源

翠竹遍半山,谷底清水弯,
直插云霄上,山在彩云间。

百龙天梯陡,千人登梯难,
极目天子峰,飞天已成仙。

凌空俯视看,神兵石峰岩,
土家起义地,空中美田园。

七旬土家婆,牵针纳鞋底,
与婆留个影,递上钱百一。

阿婆拱手拜,眉舒皱纹开,

连连祝福语，镜头好精彩！

（三）迷魂台"迷魂"

威风点将台，"将军"坐成排，
最美袁家界，景致迷魂台。

登上迷魂台，白云脚下踩，
乱云轻飞渡，群峰雾中海。

石柱仙人桥，连心锁千排，
百年情人痴，悬崖证情怀。

九百里青山，奇景梦中来，
山叠峰似笋，巍然湘西南。

（四）远望天门山

张家界数天门山，秀美险峻尽奇观，
孤峰高耸空独尊，悬壁岩上洞门穿。

盎然野趣青山旺，溶丘石芽上冲天，
四大奇观六大迷，扑朔迷离美仙山。

（五）大索道

霸气横亘大索道，上下落差超千米，
天界触手一尺间，世界第一步登天[1]。

彩虹飞渡城穹间[2]，依山籍壁龙腾垫，
天然画屏厢中赏，吾心无素入自然。

［注］1 张家界天门山索道是世界最长的高山客运索道，全长 7454 米，高差 1277 米，是国内为数不多高差超过千米的索道之一。

［注］2 天门山索道以张家界市中心的城市花园为起点，直达天门山顶的原始空中花园，可谓人间苍穹。

（六）登天门山

青云灰雾峰不见，亿年石峰千古路，
九十九弯通天道，渺渺人类敬苍天。

自然奇观天门洞，云梦峭壁天下绝，
银鹰穿过鬼门关，天门仙境天宫阙。

鬼谷栈道万丈悬，双腿发麻心胆颤，
悬浮峭壁真体验，云翻雾绕神飞禅。

（七）贺龙公园

天子山脉神堂湾，缅怀英雄贺龙园，
千山万壑收眼底，一处阅尽武陵源。

秀色山水天下绝，山高水清景非凡，
秀幽野美于一体，石林云海冬雪观。

刀枪剑戟刺天去，万马奔腾战犹酣，
迷离一幅山水画，面纱一束贵湘南。

重庆缙云山　八首

2013 年 10 月

（一）重庆一掠

重庆城建密集格局，八大组团沿江而起，
大规划是超前统一，超大城市立体摆棋。

两江高速连接几地，银杏珍木黄中有绿，
美中不足色彩天际，灰云灰江灰楼林立。

楼高百米难分天际，少了色彩多了统一，
现代气势但不美丽，城市风貌更需展旗！

（二）缙云山

南宋佛教缙云寺，古佛道场书院释，
历代帝王封赐庙，梵经供奉崇圣寺。

一池温泉热腾腾，一汪碧水映云翔，
那边茶道树墩桌，这边芭叶好纳凉。

商场厮杀无闲志，溪谷温泉静写诗，
黄桷翠竹嘉陵江，画幅油画填首词。

（三）夜幕缙云峡谷

夜已深了，

我静静地躺在缙云山的峡谷中，
潺潺小溪，
轻轻地流淌，
还有那蟋蟀欢快的歌声。
对面沉睡的大山，
天际线边有一层淡淡的光，
却见不到美丽的星空。

月亮你在哪里？
想见又见不到你，
大气云雾让你只能藏在我心中。
嘉陵江水在奔腾，
天是那么黑，
我只能用心地听。
千古亿年，
自然就是这样安详，
人类呀，
一代去了又是一代的新生。

你的感觉是什么？
老伴说，安静，安详。
夜幕中，和大自然那么亲近，
听不到喧嚣，
又回到了心中有梦的童年，
回到了渴望的世外桃源。

（四）你早，缙云山

你早，秀美的缙云山。
东方刚泛白，
红日还没出来，
青山也还睡着，
我已经登上了木屋的小天台。
芭蕉叶在向我招手，
翠竹在向我微笑，
小鸟们欢乐地歌唱。

嘉陵江面静极了，
好像地球也停止了心跳。
中秋时节，
山上的绿树，
已出现了片片红黄，
都在等候美丽的太阳。

大地呀，你是一幅流畅的油画，
人类呀，你在母亲的怀抱中升华。
人在这样的画境中，
还有什么纠结、忧寡？
大自然的胸襟，
可以赶跑一切红尘喧哗！

（五）夜静思

还是那潺潺的小溪，

还像昨夜那样轻轻地流淌，
多了几只青蛙欢快的叫声；
对面沉睡的大山，
天际线边没有了昨夜那淡淡的光，
更见不到美丽的星空和月亮。

嘉陵江水还在奔腾
只是多了几声汽笛响。
在这寂静的大山中，
汽笛提醒我，
新的产业革命很快就会拉响。
我只能更用心地听，
静静捕获那天地融合的信息，
享受这精神愉悦的天堂！

未来的千年过后，
我们的子孙后代们，
知道我们今天的文化是啥？
人类一代又一代地繁衍生息，
总要有精神，
总要有文化！
光是商品和铜臭，
早晚会灭了民族的灵魂，
早晚会让后代缺失自己的信仰，
缺失中华民族的文化！

（六）水墨丹青缙云山

又是一个早晨,
薄雾缭绕,
看朦胧的缙云山,
那是一幅水墨丹青。
嘉陵江温汤峡畔,
江水那样多情、多变,
巴山夜雨,缙云晨曦,
秀美翠绿的山脉,
透出一抹朝阳,
透出一种峡谷的灵犀。

谷底幽溪,
听到潺潺流水的欢唱,
吸着甜丝丝的负氧,
真像梦中的世外桃源。
栈道是巴山血脉,
一段段,一层层,
似高悬的云梯,
通向蓝色的天宫苑。

远看江岸,
想起赤体拉纤的纤夫;
近看栈道,
浮现古代流血的士兵;
渐近渐远的汽笛,

凝思着新的工业革命,
观美景,
浮现出香格里拉的梦,
望缙云,
那是一幅历史人文的水墨丹青!

(七) 缙云赞

山雄林茂,腊梅香樟,
黄桷芭蕉,松竹绿浪;
峡谷沟壑,雄险奇幽,
石壁如削,悬天瀑布;
飞珠溅玉,天地一色,
彩虹横卧,遐想无限。

(八) 渝阅青山醉东川

三年前,首创重庆金马湖项目刚刚开始规划筹建,今天又到金马湖,看到已经完成一期建设的漂亮小区"首创渝阅"非常高兴,以"渝阅"为题赋诗一首。

泛舟碧水金马湖,一行白鹭颈向天,
千亩桃红无觅处,生态一品[1]最田园!

一湖二岛花间墅,法式建筑斗拱椽,
精雕细琢承经典,渝阅归来又思还。

渝掩青山诗韵中,阅尽湖居美画卷,
赵熙[2]绝笔一尘去,走马[3]红烛醉东川。

[注] 1　金马湖为重庆备用饮用水水源地。生态一品指饮用水源保护地生态环境好。

[注] 2　赵熙为清朝诗人，曾写有《重庆》一诗：" 万家灯火气如虹，水势西回复折东，重镇天开巴子国，大城山压禹王宫。楼台市气笙歌外，朝暮江声鼓角中；自古全川财富地，津亭红烛醉东风。"

[注] 3　走马指渝阆项目所在的走马镇；东川指渝阆在川东，为押韵而写东川。

阆中古城　三首

2013 年 10 月

（一）成巴高速

走入成巴高速路，川东秀美乐见蜀，
掠云拨雾百岭过，民居梯田水墨图。
眼前刚过盐亭界，龙泉寺中修行苦，
巴山夜雨晨曦至，有山有田天府富。

（二）风水古城

风水古城古阆中，大讲风水看唐宋，
袁李神编推背图，推测媚娘坐皇宫。
神秘推出六十卦，卦出日寇侵华中，
古城三面环山水，还有盛名状元洞。

（三）无题

成都大雨瓢泼，阆中一片艳阳，
阴阳八卦转换，寻龙观水帝王。
也想学会推背，知掌未来梦想，

明出阆中观雨，蓉城一抹朝阳。

往东戴河　二首

2013 年 10 月

（一）京沈高速路上的思索

这又是一个密布阴霾的周末，
上京沈，过山海关，
直奔东戴河。
一路上看到的农村寥廓，
引起了我深深地思索。
高速公路的上空，
阴霾像一个大灰锅盖盖着，
天还没黑，时钟刚指向 5 点多，
汽车雾灯像狼眼一样闪亮着。

到了服务区，
我不愿下车，
油乎乎的餐厅，
不大洁净的厕所，
同国外或南中国服务区比，
软硬件差距太大，太多。
但见到可能是山寨版的德州扒鸡，
我还是买了一个，

一边手撕着鸡腿,
一边想着四十年前的军营、车间生活,
想着上大学的我。

那时吃一只烧鸡,
是多么幸福香甜,
是多么感谢还很贫困的祖国!
如今高速两边,
是那一望无边的大杨树,
没有物流、厂房,
没有繁华商业的霓虹灯火,
没有明月和星空,
却多了可致肺癌的阴霾笼罩着城廓。

同英法乡村比较,
这边是脏乱、贫穷,
那边是蓝天、绿草、牛羊,
还有那白色的农舍,
静静的河流,
红顶教堂的钟声。
对比南中国的广深沪宁,
高速公路两旁,
几乎建满了工厂、仓库,
酒店和高尔夫。

东南中小城市利用高速,
去京穗沪挖人才、套资金、占市场、寻技术。

河北大地呀,我的家乡,
世界变化这样新,那样快,
你为什么还是这样的迟缓,
这样的污染和贫穷?!

(二)到绥中

一过山海关,
东戴河的海风扑面而来。
海边大排档,
渤海湾的海鲜是那么精彩。
海螃蟹、红对虾、海蛎子,
鲅鱼丸子酒开怀。
天黑了,闻着海风的鱼腥味,
就知道前面是茫茫无边的大海。

清晨,一缕阳光照进窗前,
我醒了,白浪翻滚的大海在召唤。
一片汪洋中的打渔船,
是人类生命力的彰显,
在商业竞争的海洋中,
永远是快船吃掉慢船!
今天的任务是用三小时,
把东戴河的规划、现状看完。

从基础设施到优质楼盘,
从水关长城到碣石海岸,

供热厂、学校、医院，
文物、酒店、沙滩；
每一个发展要素，
都要把它研究分辨。
盖了那么多高层住宅，
却没有好的学校、医院；
酒店只有几个，
没有玩海的主题乐园。

靠什么把人留住？
要有活力的旅游产业链，
要做产业和住宅的合理积聚，
不做大海汪洋中的点点白帆。

第五篇　国际感怀

博斯普鲁斯海峡

2002 年 5 月

一刀劈开欧亚,
一道天然的屏障;
衔接着马尔拉马海和黑海,
急速的水流在四十米深水下。

这边是亚细亚,
那边是欧罗巴;
海峡是蓝蓝的,
天空中布满云霞。

两岸的别墅、丛林和茶馆,
古老夏宫的灰墙、白瓦,
安详的白鸥、小艇,
游客的鬓鬓白发,
奥匈帝国的昨夜,
难忘那征战的风华。

博斯是"牛",
普鲁斯是"水墙",
七千五百年的震撼,
宙斯在情人海生长。
如果要占领这座城市,

必须先占博斯普鲁斯海峡——
最重要、最忙碌和最危险的海峡。

雅典奥运村

2002年5月

雅典奥运村,
看上去那么新,
雪山上的刀把,
高速路旁的小镇。

三千六百栋小屋,
可住一万多人。
白色、黄色、棕色,
衬着朵朵白云;
绿草、鲜花、小树,
也是一杯香槟。
泳池、球场、迪斯科厅,
还有医院、学校、消防军。

雅典政府地价便宜,
密度低得惊人,
场馆赛后抽签分房,
受益全是穷人;
北京是高地价竞标,

场馆赛后卖给富人。
两国政府建设思路不同，
但目的都是一个——
为了奥运的早晨。

英伦南海岸　二首

2003 年 5 月

2003 年 5 月，北京的非典还未完全消除，为了首创置业的香港上市，我们顶着非典和外国投资者另类的眼光，开始了欧美路演。期间，6 天飞行了 5 万公里，跨越了几十个城市，与 300 多个投资者进行了对话。功夫不负有心人，首创置业终于在 2003 年 6 月 19 日成功登陆香港市场，成为当年最为轰动的资本市场事件。此诗为路演之余所作。

（一）无题

一个阳光四射的早晨，
我们驱车到英伦南海岸。
小鸟在叫，大树在跑，
我们慢慢地穿越"新森林"大道。

大森林，大牧场，
大氧吧，大花园，
缕缕炊烟中飘着奶香，
茫茫绿海中藏着一个个香槟小镇。

Bar town 小镇的白沙滩,
Bour mouth 小城的蓝海滨,
Pole 港湾赛唢呐,
珍珠镶在大海峡。

蓝蓝的天,白白的云,
绿绿的树,红红的瓦。
太阳镜观海鸥,
紧张路演后慢慢把心闲暇。

(二) 乡村小记

美味美景加美酒,英伦乡村无限美,
两鬓斑白忆韶华,这边高山那边水。

Cove 奇石骆驼峰,蓝天飘来乌云黑,
英伦大旱草原黄,不见骏马草上飞。

北上酒吧小罗马,千年古城显精华,
古城古堡古教堂,罗马浴池沉地下。

厮杀声中忆当年,如今谁能盖天下?
"二战"过去六十年,遍地古迹遍地花。

腥风血雨几百年,工业革命震四方,
雾都年代已过去,处处鸟语杜鹃香。

斯德哥尔摩市政厅

2003 年 10 月

乘兴游览市政厅，瑞典议院女权香，
贵妇长裙走阶梯，诺贝尔奖振兰厅。
一百零一议员席，五十二位是女性，
民对政治无兴趣，真有民主却无声。

金碧辉煌大奖厅，女神持剑为和平，
三个皇冠绿色顶，泥沙装修显复兴。
伉俪结婚到大殿，不要信仰要爱情，
柱子一圆又一方，壁灯后面玻璃镜。

摇摇晃晃灯一盏，马赛克贴金色厅，
无头国王双王位，海盗船沉震维京。
思古悠悠三百年，凄凄惨惨波涛声，
国王造船瞎指挥，船裂吞吃上千兵。

波罗的海一故事，沧海一粟血泪情，
峡谷上面看峡湾，青山白云夕阳红。
山上绿中点点黄，豪华游轮海上行，
风中远眺哥尔摩，北欧明珠海上城。

北欧行 二首

2003 年 10 月

（一）嘿！赫尔辛基

芬兰小国历史奇，追溯祖先匈牙利，
一国相隔是中国，这里与我是亲戚。
刚下飞机看湾达，小溪过后是辛基，
全国人口五百万，相当北京两个区。

四零年办奥运会，战火硝烟迫延期，
五二中国参奥运，长春一人斩荆棘。
西贝柳斯音乐王，雪茄红酒音乐集，
风琴雕塑铜兴像，吸引全球音乐迷。

开崖石山建教堂，大自然中天合一，
石铜木制天下奇，石头圆顶成一体。
古城不古四百岁，辉煌当属彼得帝，
二百年前瑞俄战，一把大火成废墟。

幢幢新楼像北京，古迹只剩点点滴，
座座民宅绿中建，德式风格上千米。
海上城堡防侵兵，为阻海盗筑城急，
北国小城寒中雪，波罗的海女神奇。

（二）罗瓦涅米

清晨驱车上高地，林海雪原罗瓦涅米，
远远望去萨米村，不想高楼想居民。

红色木屋一亩半，家家户户把门关，
知道本是同根生，不用相煎迎春风。

终于来到北极圈，十年梦想今兑现，
买点邮票留纪念，领个证书得了奖。

圣诞老人合个影，写个信儿回家园，
说声"嘿嘿"土民屋，说声"嘿嘿"罗瓦涅米。

再见吧，惊魂庞贝

2003 年 10 月

两千年前的一段悲歌，
人类史上的一部心酸泪。
远古的一个瞬间，
小城化为断壁残垣，
维苏威火山暴怒，
埋葬了美丽繁荣的庞贝。

庞贝的先来者是印第安人，
后来向罗马人纳税。
连遭两次地震后又遇火山肆虐，

一次比一次更加残忍,
庞贝被大自然的劫难撕得粉碎。
三天三夜的毁灭,
山呼海啸的血雨腥风;
庞贝沉没的全过程,
记录者是罗马的小海军,
老船长的儿子完成父愿,
大英博物馆珍藏着两封带血的信件。

1772年的考古挖掘,
再现了165万平方米的庞贝废墟。
主广场上的政治中心,
早已有了法院和议会。
两千年前的民主模型,
注定要打败落后的封建社会。

羊毛中心,小商业街,
还有那富豪们的钱柜。
JUV神中之父的石哭海笑,
还有那先尖后圆的火山维苏威。
最有品位的是那两座古老的剧院。
两万个座位,外形呈椭圆,
比起罗马斗兽场早建了一百年。
小剧场还有个回音壁,
那美妙的设计真是出手不凡。

古老的酒吧,一个接一个,

石酒吧台、石酒桶，另人醉意盎然；
那个年代罗马十分开放，
犹太人来了波斯人去，
各民族、各教派，
留下了一道道深深的历史车辙。
"Japanese？"
大鼻子们这样问我。
"No, I'm from China"。
我们来自中国，一问一答，
使我陷入了深深的思索，
什么时候？
我们能在列强面前大声说"中国"！

废墟的石柱上，
贴着一个选举的公告，
两年选一次规划师，四年选一次市长。
这是原始的又是最高尚的制度文明，
这就是人类最早的民主号角。
再见吧，惊鬼魂的庞贝，
安息吧，喷薄欲出的维苏威，
记住吧，人类的一幢生命钟，
安详吧，地中海那不勒斯那平静的海湾。

罗马市政厅长官的讲演

2003 年 10 月

250 万罗马市民,
欧洲第三大城,
政府公用企业,
都要转向私营。
水、电、气、热、垃圾,
尽量回收利用。
限制私人轿车,
大力发展公共交通。

关注绿化,保护古风,
1500 万游客,使罗马财运亨通。
国家剧院、文化中心、时装中心,
一展罗马现代风采。
11 月 30 日论坛:中国与欧盟,
510 亿贸易,罗马大区承接不下!
北京、罗马要发展关系,
城市友好遵守协议,
公共设施经验可以交流,
更重要的是全球一体化的市场进程。

双方都要为企业服务做贡献,

为各自争取市场，创造英雄。
赤裸的商品侵占意识，
开拓本国生意的概念活生生。
这就是资本主义市场与政府，
这就是大鼻子不断敲给我们的钟声，
政府应亲企、亲商，
税源财源才能永续永生。

从皇后城到米尔福德峡湾　二首

2004 年 2 月

米尔福德峡湾（Milford Sound）是新西兰峡湾国家公园最著名的峡湾，是规模最大且保存最完美自然景观的峡湾。峡湾国家公园这块未经人类文明破坏的土地作为世界自然遗产，被英国作家吉普林（Rudyard Kipling）称为"世界第八大奇观"。米尔福德峡湾是由漫长的冰河时期形成的冰河，通过长期滴水穿石的作用形成的，其最深处与麦特尔峰（Mitre Peak）的落差达 265 米。

（一）往米尔福德路上

清晨"骑马"上雪山，一路湖泊大草原，
私人牧场处处见，牛羊遍野自休闲。
侏罗世纪原始林，好莱坞人拍"指环"，
自然茂盛人烟无，人群多了无自然。

抬头望去双峰峻,时隐时现彩云间,
层层薄雾飘空中,针线瀑布几千年。
千条万条银河落,青松翠柏满峡坡,
紫花白雪铁壁峭,山间处处舞银蛇。

米尔隧道十八载,雪崩树崩苍天祸,
高空弹跳海港桥,早期移民博物馆。
果园牧场高尔夫,胜过渊明诗田园,
友人把酒尽笑谈,人生还有多少年?

(二) 米尔福德峡湾 (Milford Sound)

自皇后城驱车北驰六百里,
探寻欧洲捕海豹人遗迹。
大鸟 Kea[1] 千米岩洞前展翅迎客,
两侧峭壁万条针瀑似银龙舞起。

穿过滴水神秘的隧道,
才知历时十八年的凿洞雪崩。
沿蜿蜒小路,
踏上百万年前的冰河版图,
树苔记录了库克探险的史途。
千年前毛利人生存的水道,
130 余年前,
苏格兰人在此定居建市,
今天是世界遗产为众人所知。

乘大船向米尔福德峡谷巡航,

雨中望去，
烟云飘缈掩映叠山；
耳中听声，
飞流涛涛倾盆落在眼前。
山在雾中移，
云在山间绕，
恰似异域的漓江国画山。

光亮的山体，
是冰川的擦痕；
陡峭的峡湾，
是冰河的证据；
滴水穿石，
冰川开凿冰峡湾！

一汪"茶水"海中现，
引来无数海豹嬉戏凸岩边，
峡湾十米深处，
水温甚于滨海 70 米，
故为珍稀海洋生物的栖息乐园。

[注] 1 Kea 是新西兰的一种大鸟，据说只生活在新西兰南岛。Kea 全身棕绿色，翅膀下面有亮丽的橘红色，坚硬而弯曲的喙，是食肉类鸟。

印度行 二首

2004 年 2 月

（一）马德里机场

德里机场好繁忙，地摊摩托小市场，
印度农民席地坐，领教印度富胡乡。

灯黑路差汽车破，高速路上"蹦蹦"忙，
忽然一阵眼睛亮，文华酒店矗路旁。

德里也有好酒店，法国玫瑰散芳香，
贫富分明反差大，苦难人民离家乡。

进城打工想挣钱，一日两餐饿得慌，
三千卢比月工资，养儿糊口没有房。

英国别墅住商人，幢幢白色小洋房，
印度也有大富翁，儿女生日散金狂。

这有两个叫"德里"，一新一旧建筑稀，
内环外环构交通，上院下院总统府。

最美还是英建筑，中央公园大草坪，
政府中心印度门，德里老城贫民窟。

巴国回迁印教人，水泥破砖垃圾林，
一眼望去脏乱差，两重天来伤人心。

（二）印度随感

八百年前土耳其，打败印教庆胜利，
地方储侯想当王，气势宏伟建筑奇。

当年成就罗马柱，如今早已成断臂，
印度国家是甘地，民主和平呐喊声。

世界人民爱戴他，风中闪闪长明灯，
专制国家有富足，民主国家有贫穷。

反反正正辩证法，谁先富裕谁成功，
争来论去无意义，人民穷困最不幸。

英国思考　三首

2004 年 2 月

（一）英国小城 Bowness 的思考

湖边 Bowness 的小城，
是那么美丽，那么宁静。
灰石墙，后窗户，
石头铺成一个微型的"小城"。

古玩店、时装屋、咖啡吧，
过往的游客是那么高兴。
时尚的服装，精致的小礼品，
美丽的小油画，晶莹的玻璃瓶。

我们要用英格兰的美物,
装饰古典的北京;
我们要用北京人的眼光,
审视小镇的文明。

我们的乡村何时能有花园?
我们的农家何时能有大草坪?
我们的小城何时能有这般宁静?
我们的物质何时能有这样文明?!
谁来分解这个答案?
谁来敲击这样的时钟?
谁来把土地真的分给农民?
谁来把炎黄子孙的心田绣红?!

(二) 英国温德米尔反思

没见过英国那么蓝的天,
朵朵白云,
在蓝天中镶嵌,
白云下面,
是那青青的小山,
小山下面是那 Windermere 大湖边。

灰色的小屋,
白色的小船,
欢乐安详的游客,
在教堂的钟声中休闲。

湖是那么大，
那么深，那么蓝；
人性是那么纯朴，
那么自由，那么安然。

我可爱的祖国，
何时在环境上媲美英格兰，
我可爱的乡亲父老，
何时能那样轻松安然！
我，何时能住在湖边画画，
我，何时能变成那白帆中的一点点。

幸福伴着病痛，
征途处处有艰难；
一个新重任压在肩，
一个新理想化雨洒人间；
再造一个人类新田园，
超过那美丽的英格兰。

（三）感悟伦敦——再造东北新家园

大英帝国几百年，工业革命最领先，
财富怎聚"日不落"，物质富裕带污染。
工厂煤矿持续开，雾都丑名无蓝天，
破坏自然有代价，环保投资几十年。

工业废地新规划，商业住房新概念，
开发转型先交通，建起许多连接线。

下岗工人先培训，大批公房新修缮，
北方无路重整合，公私合作谋发展。

混合复兴新建设，大学服务商务园，
工业废地昨日苦，重新开发今日甜。
改造楷模威尔士，科技旅游新家园，
人类作茧想自缚，周而复始再循环。

看完伦敦想东北，改造振兴写新篇，
技术设备已落后，要改旧貌变观念。
振兴先行是教育，改革创新是关键，
三省儿女应反思，再造东北新家园。

美洲考察纪行　七首

2004 年 4 月

（一）走进圣保罗

离开多伦多，
走进圣保罗，
一个西方富乡，
一个拉美大国。

那国旗是黄绿色，
黄是矿藏，绿是丛林，
南半球的大自然，

都像那多彩的花朵，
漫长的海岸线，
热带的圣保罗。

耐人寻味的十六世纪，
葡萄牙是海上大国，
那边输了拿破仑大人，
这边胜了印第安黑哥，
扎根在克脉山脉西麓，
建起了工业和金融帝国。
四百五十年前的教士罗努埃尔，
建立了教民村圣保罗。

世界最大的咖啡交易地，
枝繁叶茂的美丽城市，
欧洲遗风的花园建设，
花木艳丽的布埃拉公园，
日本灵塔的秋风瑟瑟，
纪念着已走过四百五十年的圣保罗。

今日的圣保罗，
写照着五十年代起飞的巴西国，
一个进口替代，
一个举债建设，
十一年的高速成长，
构成了拉美模式的困惑。

忘了可持续发展，
又酿成了零增长的悲歌。
农民大量进城了，
"三无"人成了灾祸，
百分之二十的失业率，
酝酿着犯罪和饥饿。

旧城中的"鬼楼"，
成了他们的安乐窝，
新市区的南移，
成为大城市病的解脱，
政府官员的无奈，
机场附近建"新家坡"。

小山坡上的贫民窟，
监狱边上的臭水河，
人类过去的欢乐，
城市今日的悲歌，
贫富差距是那么大，
写照着今日的阶级苦乐。

尽管有那么多问题，
骄傲的事仍很多，
二十八个卫星城有八万街道，
路网之密早已超过美国。
不管谁穷谁富，
路上开着650万辆的汽车，

一千六百架私人飞机，
折射出富翁们的生活。

丰富的矿产资源，
流油的咖啡大豆，
埋单的是世界各国。
强大的发电设备早已落户中国，
足球、咖啡、矿藏，
巴西三大王国。

八十公里地铁，
五百万人的地下交通生活，
城市交通的堵塞，
早已吓怕了世界的投资者。
大城市病的痛苦，
千万不要移植中国，
科学的发展观，
关键在于自然、环保、协调而不过热。

圣保罗还有震撼的东西，
五公里长的金融中心，
一百个外国钱庄，
四百个国际大亨，
巴西企业家在俱乐部中云集，
号称巴西的火车头。
有钱人在创造巴西的奇迹，
最穷和最有钱的，

这就是可敬又可畏的巴西，
这就是南美大国。

（二）出国团员的赞歌

清山湖泊层林染，人间美景栖瑞典，
维那恩湖似翡翠，红叶榉树像诗篇。

山中红树树中山，座座洋房落山间，
火车穿行油画中，红阳笑盈云天边。

小城镇中原木房，小院草坪飘炊烟，
天高云淡莺歌舞，碧波荡漾映青山。

田园风光无限美，瑞典景色迷人醉，
明媚阳光迎宾客，谁说阴霾照北国？

福人自有天相助，忠君报国献人寰，
才见湖光山色秀，林海雪原转瞬间。

附1：和"出国团圆的赞歌"　郑树森、赵文芝[1]

（一）

阳光洒大地，湖色映蓝天，
片片彩云飞，乡间迎客来。

（二）

朝辞寻城彩云间，千里思都半日还，
两侧青丘夹碧树，遍地瑞雪映河山。

忽如一夜清风来，千树万树梨花开，

行时秋风伴朗日,银龙飞舞漫天白。

附2：无题　曹国宪[2]

海伦一去不复返,一身轻松访瑞典,
白雪茫茫寒气急,河南话音吟诗篇。
罗瓦涅米北极村,圣诞老人是真身,
千卡万卡寄全球,养育涅米河边人。

[注]1　郑树森时任北京市公交公司总经理,赵文芝时任北京市公交公司董事长。
[注]2　曹国宪时任首创集团总经理秘书。

附3：参观沃尔沃　赵文芝

沃尔沃车大品牌,汽车生产战略先,
质量安全和环保,坚持宗旨上百年。

氮氧化学颗粒物,欧四排放已实现,
零五要与CIVCT媲美,全球排位均领先。

瞄准中国大卖场,康里蒂道是典范,
期望零八找机遇,促进公交大发展。

（三）巴西库里蒂巴城市速写
　　　　——刘晓光、郭普金

巴西库里蒂巴城,青松翠柏碧蓝天,
奇特松树城得名,科学规划惊世闻。
人口倍增新需求,线性发展破传统,
一个环保新故事,城市规划排头兵。

土地道路和交通，三项原则同步行，
经济社会和环保，保护文物属文明。
带状城市新轴线，紧贴轴线盖高层，
方便出行利交通，居民区内低密度。

鲜花绿树美市容，城市东边工业城，
上风刮走污染源，环保工业要干净。
一切都从计划始，都市规划整体行，
三道行车直线化，公交网络成系统。

一条高速穿城过，四条河流玉带城，
城市道路分等级，快线直达和步行。
快速通道容量大，红色快车"小飞行"，
绿色标志是环线，黄色中巴是"普通"。

支线干线成一体，快速交通马路中，
轴线带起天际线，一幅蓝图衬蓝天。
轴线中间设车站，玻璃圆筒思路新，
公交小站路中央，找遍世界都少见。

公交设计人为本，残疾人士极方便，
公共交通公司管，降低成本少麻烦。
吸收票款统分配，有利分支搞核算，
世界公交一亮点，为解交通做贡献。

保护文物有特色，步行街上来体现，
漂亮商业建筑物，工艺集市星期天。
宽阔绿带城外环，巴松如画艳阳天，

河边公园建起来，全是为了印第安。

原来是个采石场，现改公园乌克兰，
100公里行车道，百里轻丝只等闲。
土地政策有激励，住宅环保和绿地，
容积率上严把关，调整规划造环境。

土地互相可置换，这变绿地那找齐，
多盖高层找平衡，换地之后买权力。
买权力钱建基金，文物保护可持续，
棵棵绿树不能砍，砍一种二法无边。

环境融入新公园，样板铁网歌剧院，
只见大树不见楼，玻璃大房翠柏间。
废墟之中建公园，陆地建起植物园，
垃圾分类十五年，分类回收可兑换。

绿色兑换是食品，以物易物好试验，
弱势群体需关照，政府为此多花钱。
富人可打高尔夫，穷人娱乐家门练，
各取所需自其得，平和相协家国先。

全城分为八个区，政府设了八个站，
一为家庭发补贴，二为就业发证件，
三为群众搞培训，四为社区举办班，
政府授"渔"不给"鱼"，无业人员乐心田。

（四）伊瓜苏瀑布遐想

穿过郁郁葱葱的原始大森林，
想着我心中的女神——伊瓜苏大瀑布。
带着几十年对奇水的梦想，
我们坐着橡皮艇向大瀑布挺进。

刚才大河还是个安静的湖泊，
远望又是陡然变化的峡谷。
看见了，
看见了那汹涌澎湃天上之水，
听到了，
听到了那天上之水的雄壮天音。

几十公里的高山崖上，
两百多个五彩瀑布，
像水幕一样飞泻而下，
看那半球形的瀑布群，
轰隆隆水气冲天，
又像一匹匹从天而降的烈马。

那绵延百里的飞瀑，
那撕心裂肺的天音，
那汹涌澎湃的大浪，
那云雨雾气的彩虹，
那水流最猛的魔鬼喉，
真叫人陶醉、震撼和强烈地向往。

壮观，博大，不可阻挡，
那是伊瓜苏大瀑布的胸怀；
奔腾，咆哮，永久不息，
那是伊瓜苏大瀑布的震撼力写照。
从下往上看，
银龙飞泻，翻江倒海；
从上往下看，
一览无余、银镜碎裂！

山路上，
一景一层，一层又一景，
眼球里，
一景一画，一画又一景，
难以用美丽语言描述，
只能用纯净的心灵细细品味。

那神水，
就像人生一个激烈接着一个平静；
那银龙，
让你与世界隔绝体会无限的美丽人生；
那飞瀑，
让你想赤条条地与水交融；
那玉带，
让你在幻觉中欣赏奇情魔影；
那彩虹，
让你感到人类像蚂蚁一样渺小单薄；

那隆隆的巨涛声，
让你感到五雷轰炸震撼人生。

千年古石，挺而不倒，
永不圆滑；
石上青草，洗礼常青，
无限生命。
人类七情六欲，
你争我斗险恶人生，
自然界五彩斑斓，
汹涌激荡自然纯清。

为什么不能天人合一、自然融合，
为什么人类要耗尽资源、破坏环境？
山海江湖，
天草花树、各种动物，
人类环境自然保护，
真该做个完美的组合，
变成那玉带一样的大瀑布伊瓜苏。

（五）人类遗产巴西利亚[1]

六十年代巴西利亚，迁都创造新规划，
法国后裔科斯塔，绘出城市美图画。

城市蓝图似飞机[2]，隐喻巴西正升华，
三权广场总统府，黎明宫是总统家。

人工湖畔富人区，桑巴舞桥显精华，
高楼林立商业区，机舱中部最繁华。

居民小区在两翼，单数双数好回家，
十个楼是一小区，教堂学校小酒吧。

震撼之中看全城，也有败笔漏尾巴，
商业街区规划乱，店铺门前脏乱差。

六十年代巴西人，透着浮躁和奢华，
一夜之城平地起，新建城都乃奇葩。

［注］1 20世纪50年代，由于大量的移民进入城市使原有城市拥挤不堪，作为巴西首都，五十年代末开始迁都。巴西利亚是全世界唯——一座在20世纪建造的首都，也是全世界唯——一座严格按照规划建造的城市。她用41个月时间从巴西中部荒原"平地而起"成为"一夜之城"。20世纪80年代末被联合国教科文组织列为"世界文化遗产"。

［注］2 1957年，巴西政府从26个设计方案中选定法国后裔卢西奥·科斯塔设计的平面布局为飞机型的城市蓝图，站在城区最高的建筑物上俯瞰，整座巴西利亚就像一架巨型客机正在向东飞行。

（六）智利感怀

刚刚离开热情的巴西，
飞机又在圣地亚哥落地。
好一个高原的七彩云国，
好一个狭长的临海山地，
北边沙漠中间是地中海气候，
南边又是那绿油油的森林大地。

五百年前的西班牙斗士，
从秘鲁过来寻金探奇，

金灿灿的铜矿让西班牙富强,
金灿灿的铜矿养育了智利。

从机场到巴拉依索,
小鹿、人家、红酒香气,
太阳高高挂在穷山坡上,
少了巴西那一点美丽,
穷山恶水才有丰富矿藏,
青山秀水只有那大米芳香。

上帝是那样公平,
给他石油沙漠,
给你森林大地,
鱼和熊掌不可兼得,
这就是不争的现实,
这就是伟大的真理。

看着路旁那高山草原上的奶牛,
就知道智利人民的安详,
明叶拉湖边的桉树林,
引起我对历史的回想。

1973年军人政变,
一个炸弹掉在总统府中央,
民选的阿连德总统,
大胆地端着一杆冲锋枪。
但炸弹是无眼无情的,
一个民主政府就这样被扫荡打光。

太平洋边上是美丽的天堂谷，
满山却是那密麻的贫民窟，
一旦着火或泥石流，
万千生命会瞬间化作土。

这是南美各国的景观，
穷人占山扎堆住，
藏污纳垢多可怕，
真的对不起哥伦布。

（七）天还冷的多伦多

多伦多城教堂多，老城堡是旧约克，
英美战争血战场，黑克开村故事多。

百幢旧屋大学城，伊顿中心游客多，
脏乱差属唐人街，大天文馆麦克佛。

繁华闹市属杨街，银行戏院大百货，
四百公顷人与岛，欧洲音乐美国歌。

游客芳草听音乐，大湖轻风把面拂，
Bay View 区内尽豪宅，地大人少绿树多。

大资本家住这里，占地上万富敌国，
Fereshill 是犹太区，金领总裁住得多。

富有阶层也分明，富人区中层次多，
北京发展可借鉴，再见了，天还冷的多伦多。

柏林随想 三首

2004 年 5 月

(一) 柏林墙

四十多年前夜,世界"二战"战场,
苏军勇猛攻击,激战惨烈顽强。

大厦只剩断壁,森林大半烧光,
今日绿草茵茵,昨日枪声梦徨。

历史别再重演,和平女神安详,
那边总理府旁,立着三大铜像。

东德西德之鉴,看西柏林橱窗,
繁华商业大街,街名俗称"裤裆"。

座座玻璃大楼,名牌商品闪光,
物质极大丰富,展示美好西方。

两种生活对比,两种制度较量,
杠杆只有一个,人民生活富强。

不管黑猫白猫,好猫才有理想,
生活要有面包,人民厌弃高墙。

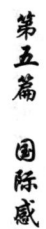

（二）柏林一日

奇怪，今天柏林出了太阳，
银杏绿叶上闪着金色的阳光。
享受美景的刹那间，
也看见了那人类倾轧的"柏林墙"。

灰色的小哨所，
美军的大头像，
苏军的亮小伙，
201人的喷血的枪。

一个个骨肉之家，
被大墙分隔一方，
政治强权卑鄙，
人性泯灭的黑光。

冷战的大舞台，
民主的自由乡，
带血的思乡泪，
悲欢离合的寡妇房。

亚历山大的阴影，
仍有人光顾的马克思像，
东西柏林那段带血的故事，
永远令人难忘。

（三）德国也在招商

德国也在招商，富国还想更强，
"投资德国"公司，政府联络"橱窗"。

扎实可靠数据，投资方便畅想，
高效基础设施，市场分析得当。

海外投资委员，本国精英担当，
罢工天数最少，人才素质最强。

公司税收太高，补助津贴回放，
德国经商几步，办事程序通畅。

各州投资机构，网站联通开放，
办理居留签证，资本股东执行。

如你投资已定，可享三月费用，
负担办公住宅，快捷办理签证。

两千五百欧元，体现服务热情，
富国如此引资，让人心中感动。

斐济行 二首

2005年1月

（一）深夜星空

我们开始了斐济行，

南迪是第一站。
一百年前的奴隶，
今日主宰斐济庄园；
世界都有他们，
未来的一只猛虎。

星星月亮伴翁，
深夜里行路匆匆，
猛的眼睛一亮，
香格里拉的海风。
好一个郭氏家族，
好一个小岛仙境，
美景尽收眼中，
平静如镜的海湾，
迎来了中国的远朋。

（二）路行思

穷像坦桑尼亚，富比法国戛纳，
黑似乌金煤炭，白如空中雪花。
一边是那哭泣，一边是那奢华，
这里是极贫困，那里是富发达，
两大人类圈子，总有一天厮杀！

思绪收回赶路，驱车奔向苏瓦，
刚刚踏上青山，大巴变成桑拿。
兴致全然没有，斐国全无豪巴？

车内热如蒸笼,窗外大海如画。

哈德逊河的联想

2010 年 6 月

夕阳下赶到切尔西码头,
开始哈德逊河的夜游。
阳光下,
玻璃游船是那么晶莹剔透,
服务生的微笑,
已经告诉我这条船的优秀。

七彩的鸡尾酒衬着透明顶上的蓝天,
美国梦的歌曲已经开演。
曼哈顿的高傲,
新泽西的碧绿,
象征自由的女神,
创造财富的蓝海,
移民上岸的体检岛,
古老的斯坦桥,
船上低沉的爵士乐,
掀起哈德逊河上的波涛。

曾经流过血的河,
今天奏着财富的高歌,

看着尖耸的帝国大厦,
想起了老洛克菲勒。
带着血的资本,
历史上有多少功和过!

谁都喜欢金钱,
可谁都觉得铜臭可恶。
谁都喜欢纽约,
又有几人能登上银河?
天上尽是乌鸦,
哪有几只天鹅?
夜幕已经降临,
太阳总是在循环起落。
资本市场只有抛锚的船,
没有不动的河。

六月宏观论点

2010年6月

6月27日,首创协办的每月一次的宏观经济论坛上,经济学家就欧美经济危机进行了透彻的讲述,听后赋诗一首。

欧洲五国债奇高,信用评级做手脚,
上任隐瞒负债率,高盛卖空希腊债。
设计者是操盘手,投行丑闻蒙齿休,

紧急救援靠欧盟,发债减支增税收。

印钞之路走不通,债务重组解源头,
贸易银行受传染,贸易保护减外需。
大宗商品在下降,买卖欧元有机遇,
趋势购买高技术,国内调控缓锐气。

美国服务业的秘密

2010 年 6 月

美国服务业的秘密,原来有简单的武器,
百分之十五的小费,让侍奉者笑容可掬。

昨天中央公园午餐,享受了上帝的待遇,
白衣黑裤的服务生,是那么的彬彬有礼。

奉上精美的小酒单,插上美丽的小白菊,
端上香溢的肥对虾,打开香槟和百威啤。

一口白齿黑人小伙,一手端盘穿来梭去,
衬着森林和小绿湖,滑动着青春的舞步。

小费是最美的奖章,其他都是美丽多余,
当天分享小费那刻,优秀服务唯一奖励。

飞车荷兰村

2010 年 8 月

月下飞车荷兰村，阿斯丁像野马奔，
红鬃烈马蹄向前，风驰电掣心怦动。

荷兰村的小白房，前是英军戍边帐，
如今变成海鲜坊，岁岁轮轮沐阳光。

军营变成民生墙，一壶浊酒情谊长，
人生难得他乡醉，酒后望月思故乡。

迪拜巴林有感　十首

2010 年 10 月

（一）迪拜基金有感

迪拜基金风光时，概念手笔为人师，
世界涌动拜金潮，亿万热钱鹜趋之。
千楼万厦拔地起，沙漠黄金尽奢侈，
一掷千金期回报，天涯投资乐几时？

怎料金融风暴起，多少强龙变走尸，
广厦豪宅销不动，资产缩水出黑洞。

天骄一代折腰去，房产仍然是真金，
莫叹今日不景气，仍赞昨日开山人。

（二）拂晓中的迪拜塔

拂晓中的迪拜塔，是那样雄伟高大，
星星月亮环绕着，像是在轻轻对话。
金太阳住在里面，等待着破晓升华，
酋长的超前创意，打造了眼前神话。
王宫酒店迪拜 Mall，人工海湾围着她，
宏伟气势建筑群，高空远眺叹奇葩！

（三）迪拜塔

迪拜塔尖彩云飞，刺破青天显人类，
酋长联合国虽小，敢告世界我是谁。

王宫酒店洋琼阁，碧海蓝蓝天边水，
人造仙岛大气魄，地标胜出自由神。

小桥棕榈东方客，自叹落差饮千杯，
大漠全球新天地，思我中华有惭愧。

（四）迪拜有感

迪拜让我歌唱，像个新的太阳，
人类真能创造，建筑散尽流光。
优美国际规划，谁是幕后策划？
世界顶级设计，人类思想之花。

原是骆驼后人,何造全球浪花?
搅动世界舞台,必有创意大家。

(五) 阿布扎比金缕衣

离开迪拜的华丽,清晨奔阿布扎比,
十车道宽高速路,沙漠之中有点绿。
没有石油小飞地,只有豪华大设计,
一千一夜梦之魅,辉煌何止在金碧!

不见沙漠只见绿,极尽彰显黑金币,
大厦耸立入云端,叫板老美两兄弟[1]。
金钱虽透锈铜臭,人们天生喜华丽,
金缕玉衣何其有?只是肉身一张皮!

[注] 两兄弟是指迪拜和阿布扎比。

(六) 人工岛的奇迹

卡塔尔国人工岛,高档小区气势豪,
西湾大建CBD,名品名店名车跑。

四千美金高级寓,六年高楼拔地起,
蓝海游艇筑鸟巢,只为募资引凤鸟?

土地皇家全垄断,地标刷新创奇迹,
只是楼空少租客,先投巨资再谋计。

(七) 马哈德大清真寺

大清真寺马哈德,七千教徒跪中厅,

英国地毯法国灯,殿顶高悬满天星。
理石镶遍苍穹顶,气势宏大比皇宫,
教会导游黑衣女,古兰经词好动听。

(八) 德利姆古城

清晨直奔沙特桥,蓝色大海富饶岛,
皇叔小院干打垒,巴林别墅胡杨绕。
蓝海岸边德利姆,五百年前古城堡,
米素布达平原人,骑马持剑大火烧。
人类一部野蛮史,狼奶养大见屠刀。

(九) 半岛小巴林

走进半岛小巴林,满岛黄沙蓝海深,
高楼新厦一座座,中东富国设基金。
艳阳天下黑衣女,油泉喷涌岛国新,
伊斯兰国上帝崇,小国都系石油魂。

(十) 随想

海湾六国石油富,十八万亿美元库,
大量财富投海外,引资融资高速路。

政府主权基金重,引领其他投资者,
运作规范程序严,股市转移投亚洲。

万众瞩目资金流,把握机遇实业优,
品牌信誉是前提,资本市场诚为先。

瑞士感怀　五首

2011 年 1 月

（一）登阿尔卑斯山有感

阿尔卑斯山雄美，我心像鹰一样飞，
尖峰峭壁瑞白雪，美伦美景醉心扉，

远古震荡史积累，最渺小的是人类，
一望无际雪峦峰，少女轻轻在安睡。

每次回首少女峰，山亦雪山峰亦锥，
怎奈山在人亦老，轮回烟云又一岁。

多想凝固在梦中，永远五彩缤纷飞，
多想亲人聚一起，同度天伦自然归。

（二）重回日内瓦

十年又回日内瓦，碧湖青山看早霞，
灰色小城沉思睡，不见大陆那繁华，
莫论商街灯红绿，更看人文立天下。

（三）洛桑晨风

美岸酒店打开窗，晨幕之中看洛桑，
远山紫雾透红云，明月悬空七星亮。

碧湖波连六百里，依云小城多安详，
座座民居炊烟起，叶叶小舟划白浪。

眼前青松翠柏绿，十年归来走梦乡，
那时少年志高远，而今身影映斜阳。

附：和"洛桑晨风"　　刘菲

十年梦回思征程，少年志高柱无悔。
天下英雄终白头，何必芳菲自叹休。

（四）克拉斯特小镇

克拉斯特小镇小，小店小屋小街道，
高耸雪山山中镇，小河上面玉带桥。

五彩斑斓古民居，家家户户起司香，
冰清玉洁戴安娜，瓦尔策店咖啡座。

千男万女仰慕来，纯情脉脉千古说，
一杯咖啡一段情，一块红糖甜一生。

（五）凯特琴声

瑞士奶酪火锅香，鹿角矮沿松木墙，
屋内点起长明灯，窗外初夜满冰霜。

欢喜女儿小棉袄，陪我品酒唠家常，
骨肉分离常在外，海外团圆念故乡。

叉块面包涮奶酪，滴滴奶酪醉酒香，

感谢湖边凯特人，赐我美味琴声扬。

法国纪行　九首

2011 年 11 月

（一）神农索堡

神农索堡园林美，卢瓦尔河支流水，
汤姆斯伯爵家境败，供出古堡效王君。
弗朗重礼赠红颜，百年一过王后欢，
六位女主曾住过，古堡史上现亮点，
无价古堡收回去，"二战"救死扶伤篇。

[注]　神农索城堡坐落在有欧洲花园之称的法国图尔市附近，卢瓦尔河支流河床上。后人评价这座城堡是"文艺复兴后建筑界的瑰宝"。

（二）小镇阿多那

路边小镇阿多那，幢幢小屋花芬芳。
圆顶铁尖小教堂，石板小街灰瓦房，
不见炊烟鸡鸣起，只见小村入梦乡。

（三）七律·昂勃市场

昂勃市场好热闹，旅游房车占车道。
副食服装加鞋帽，清一色是中国造。
东欧中东吉普赛，样样商品能对号。
购物也把阶层分，小河只容小船飘。

（四）门牌号

北方凶蛮屋顶尖，木条之间垒红砖，
小门小窗为低税，吊物铁钩锁墙面。
古时尚无门牌号，雕个动物镶门沿，
写信要把动物画，邮局据画将信传[1]。
拿破仑设门牌号，信使送信才简单。

[注] 在古时的法国，居民区没有设立门牌号码，只是以各种不同的饰物雕刻在门上以示区别，写信的人也要在信封上画上收信人家门上的饰物。

（五）图尔教堂[1]

图尔市看大教堂，新旧建筑紧相连，
天主教徒同心修，保存完好几百年。
哥特建筑极精美，雕梁画栋刻飞檐，
彩虹桥架两外墙，厅内桩廊彩窗艳。
沙岩石墙白玉廊，客厅卧室帝王床，
行宫处处争霸志，王室操戈权变忙，
代代帝国流水去，民主宪政无将相。

[注] 图尔（法语：Tours）是法国中西部的一座古老城市。现在是安德尔-卢瓦尔省的首府。地处巴黎盆地西南，卢瓦尔河畔。

（六）七律·卢瓦尔河香波堡

卢瓦尔河香波堡，弗朗一世气势豪。
几十公里森林地，青草小河白玉桥。
古堡烟囱像金庙，帝王贵妃双楼道。
王者偷情走隐梯，王妃不见湘君桥。

（七）昂布瓦兹古城堡

昂布瓦兹古城堡，卢瓦河谷第一座，
火焰哥特转复兴，建筑风格开新河。
悬崖城堡好防御，君臣杀赦故事多，
圣于贝尔礼拜堂，达芬奇死下厚葬。
查理八世观网球，死因缘于撞门梁。

（八）登埃菲尔铁塔

迎着风，挨着冻，
排着队，看着昏黄的灯；
不同肤色的人，共同一个心情：
登上埃菲尔铁塔之顶，
观夜巴黎的全景。
大铁塔是智慧的灵物，
是一条站立的铁龙。
一百二十年前洋人，
是那样的敢想，那样的聪明。

（九）夜巴黎

夜巴黎灯火熠熠，登塔者膜拜顶礼，
百年里悠闲浪漫，闪烁中梦想远寄。

与日本商人谈判 二首

2011 年 12 月

（一）奥特莱斯谈判

中日奥莱谈判急，双方执耳微有词，
广崎力主日方图，苦谈价格"很真实"。

先收千万工作费，再收品牌引进费，
品牌已经谈一轮，日本惯例先收费。

中国惯例先干事，单个核算顾问费，
引成一个付一个，没有成功不付费。

付高费用事无成，中国体制要挨整，
双方都要让一让，生意才能互做成。

（二）七律·写给日本友人广崎

一衣带水兄弟情，论才讲义看双雄。
交融早已无疆界，言商无奈中国情。

双方谈判重诚意，苦思冥想寻契机。
目标一致找方案，架好路桥创双赢。

［注］ 因做奥特莱斯，和日本友人广崎先生讨论合作事宜。但是经历了多次谈判后，总是没有找到双方都能接受的方案。

附：广崎先生写给刘晓光

人生晚年得知已，相遇相知是福气，
珍惜分秒无所求，只求朋友话友谊。

财富宝物是友情，朋友不是相索取，
相互适应常相随，千金难寻一知己。

纽约东区　二首

2012 年 4 月

2012 年在美国考察时的休息期间，再次访问了 22 年前去过的咖啡吧和餐馆，颇有感慨。

（一）Bluenote 的爵士乐

二十二年前的一天，
我在纽约东区的咖啡馆，
屋内座无虚席，
屋外大雪封天；
还有人在排队，
等着听那黑人爵士乐的呐喊。

那么炽热，那么血丝，
那么深沉，那么凄惨。
那音乐是蓝色的，
那天音来自非洲北岸。

人类啊，有时是那样欢乐，
生灵啊，有时又是那样苦难。

Bluenote 的今天，
已经改变了从前。
乐手从黑变白，
多了阳光少了黑暗；
萨克斯开始豪放，
吉他钢鼓奏起胜者的凯旋。
人类有时幸福，
生灵啊，有时也能超越苦难。

（二）西餐馆中的"大腕"

那是街头一个小西餐馆，
里面有个极为有才的大腕。
多少人慕名而来，
听他百国的歌，
看他优美的动画，
听他一首中国歌。

男扮女装演一段，
是个老人，
像个小孩，
会弹钢琴，会吹黑管。
他是个同性恋者，
他让人们开怀尽欢。

英国行　十一首

2012 年 7 月

（一）海德公园

时光似箭又十年，海德公园映眼帘，
青翠草坪衬红云，贵族马道[1]走泥丸。

森林环抱水中玉，一湖碧水翡翠盘，
只只天鹅翠中游，点点水头玉中旋。

这边情侣成双对，那畔人群听讲演，
皇家公园惠民众，五个海德伯子男。

[注] 1 海德公园有著名的马道。马道过去是为皇家提供骑马训练的场地。现公园开放，公园内仍保留可以骑马的马道。

（二）丽兹酒店的晚茶

1906 年两兄弟建了这个酒店，
历史上的名人常在这喝茶欢颜。
金壁白墙的典雅风格，
记录着贵族富人的香脂云烟。

葡萄美酒苦咖啡，
美人首饰侯王衔，
涓涓细语微微笑声，

多少充满交易的密谈。

在这喝午茶,
是中产阶级的一个门槛,
也有多少财阀、政治明星,
在这里扬起充满私欲的风帆。

(三) 威尔士地狱门角

英国西南威尔士,大西洋海隽秀美,
垂直峭壁地狱门,海鸥欢翔声声脆。

天之角兮海之角,岬角难辨天与地,
崖上满目芳花草,哪有天堂地狱堤!

(四) 彭赞斯小城

宁静的彭赞斯小城,早晨是那样的清爽,
太阳轻轻坐在海面,与浪花无声的拥勉。

叶叶渔船炊烟缕缕,养育生命年复一年,
英式小屋满山层叠,绿树洒遍欢乐无眠。

远处江花似火徐升,小城悠然延绵有成,
人类这样繁养生息,何须空喊民主民生!

[注] 彭赞斯位于英格兰大陆的最西端,彭赞斯的本意是"神圣的海角",是英国大陆的尽头。

（五）兰兹角[1] Land's end

陆尽头[2]前，大西洋线，
悬崖壁峭，波涛涌掀。
海鸥翱翔，石人望乡，
天水一色，独显航标。

绿粉红兰，草原缤纷，
角之海角，千古沧桑。
人类渺小，宇宙无穷，
短暂人生，飘零海中。

[注] 1　兰兹角位于英国最西端的彭赞斯城，它又是彭赞斯城的最端头。
[注] 2　英格兰领土的形状好似一只巨大的靴子，而兰兹角就是这个靴子的脚尖，是英格兰大陆的尽头，因此也称为"陆尽头"。

（六）米娜可露天剧场 The Minack Theater

彭赞斯城米娜可露天剧场，
天涯海角边上，
高悬的峭壁下，
夜幕来了，远方阵阵涛声。
我坐在大海边，
准备把一场优美的歌剧欣赏。

峭壁下的剧场，
石头的座位和石墙，
还有那高人一等的石头包箱。
是那么古典，是这样浪漫，

大海边的石头舞台,
时而汹涌波涛将它洗礼,
时而温柔浪花把它拥勉。

绚丽的灯光,
照射在石头舞台和大西洋上,
人们拿着三明治、汉堡包,
提前两小时等候在剧场中,
为的是享受海边剧场,
绚丽灯光与落日交辉的美景,
为的是欣赏现代音乐与海涛的共鸣交响。

(七) Langdale 酒店

Langdale 酒店在山中,四面青翠如玉屏,
清晨小鸟歌声亮,小溪潺潺流水声。
红花绿草吐甘露,呼唤一日新生命,
石为墙来石作瓦,山中梦乡多宁静。

(八) 湖区一揽

温特米尔湖是第一站,
见到她后有点遗憾,
那么多人工设施,
湖畔上人满为患。
匆匆吃了个热狗,
抓紧往无人的地方赶,
到了湖的下游,美景让我震撼。

蓝天布满乌云，远望满目青山，
海鸥低飞，点点船帆，
静静湖水，微起波澜，
三俩游客，饮茶悠然。
进哥拉斯湖，更是画苑，
巧夺天工，纯粹自然，
不是画家画的美，
而是景致美过画卷。
看湖区，更多的是看山，
更美的是高山草原！

（九）瑞宝爱城

从曼城到瑞宝爱城，
千年古堡抓住了我的眼神。
士兵的沉思纪念碑，
放眼四周的翠绿和紫红，
多美的古堡，
多美的小城。

进入高山草原，
一幅幅更美画卷映入眼帘，
蓝天白云小溪青草，
银发伴侣喂野鸭，
甜甜的空气，清清的风，
悠闲的小白羊沉浸自由中。

（十）圣迈可岛

踩着一路清香，
披着万缕晨光，
出发了，要去潮落有路的圣迈可岛[1]。
今日是周六，全天打烊[2]，
9点潮水上涨，
将会淹没通往小岛的石道。
道路被淹，没有渡船，
唉，英国人真绅士，旅游景点不想旺！
全球看，哪有景区周六不开张？

潮水开始上涨了，
小石路很快被淹没了，
阻挡了我们上圣迈可岛的愿望！
近望小岛，
古堡在高高的小山尖上，
青松翠柏拥簇着她，
好像一个昂头的姑娘。
她是古堡，又是青春女神，
她是历史的镜子，
又是激励未来的一面高墙。

［注］1 圣迈可岛位于英国西南部，由于受潮涨潮落的影响，涨潮时需要坐船前往小岛，潮落之后，通往小岛的石路露出海面，人们可以步行前往小岛。

［注］2 一般而言，旅游景区周六周日是游客最多的时间，也是经营最好的时期。但是在圣迈可岛，游船周六日休息。所以，潮水上涨、石路被淹，游客就不能上岛了。在景区门口，有专门的告示告知潮涨潮落的具体时间。游客可以根据时间表提前安排上岛或出岛的时间。

（十一）比斯特奥特莱斯

车行驶在 M40 高速上，
向西北的灰云方向，
英伦乡间的翠谷草场，
冒着炊烟的小屋，
远方星星点点的牛羊，
多美丽，多清新，多安详，
就像千百年一直在演奏的田园诗的交响。

同丘吉尔庄园擦肩，
走进比斯特奥特莱斯的村庄。
这里是精品的世界，
驱使 500 万人的向往；
每个大牌商品，
都是资本社会自由竞争的绝唱。
百多年的雕刻，品牌诱人的力量，
中国人的血汗钱，
成百亿地流进品牌商的钱箱，
啥时中国人也有自己的精品大牌？
打造品牌，
成就实业强国的梦想。

美国考察手记　六首

2013 年 5 月

为基金投资项目，我们又去了美国。这次不是去路演，也不是拉投资，而是去考察将要投资的文化娱乐医养项目。

（一）手记：落地肯尼迪机场

登机了，
又去富足的美国，
去谈旅游医养项目，
去寻找未来合作的老年医疗发展规划。
中国人消费升级了，
要趟美国人已趟过的消费河。

777 客机从俄罗斯上空飞过，
一座座冰山静卧。
过俄国上空，
才知什么是地大物博，
看到纽约的别墅群，
已经过十四小时的颠簸。

飞机落地老旧的肯尼迪机场，
有几千人等待过边防，
要进入霓虹世界，

要越过"铁丝网"。
只有十几个边检台开着,
边检官是那么傲慢、那么低效。

排队无奈中我拍了张自拍照,
发给老伴,看后感慨:
两鬓微斑白,眉宇八字开,
额头双燕飞,嘴角翘沧桑,
虽已韶华过,心扉激情亮。

进关后又登上飞往奥兰多的飞机,
几个小时后,
深夜了才到酒店。
从北京到奥兰多,
已经奔波了日月的一个轮回,
时差呀,我一夜无眠。

(二)奥兰多国际酒吧大道

夜深了,
街上还是那么热闹,
一个个小酒吧,
一群群年轻的游客,
一瓶瓶墨西哥啤酒,
一首首佛罗里达乡村的歌。
这是奥兰多国际酒吧大道,
这里有不眠的青春年华之河。

爵士乐，快步舞，橄榄球，
帅哥美女们是那么潇洒；
夜空静，这里喧哗，
醉后乐，人生梦画；
心中的压力要释放，
精神的享受要升华。
地球上的人类都一样，
在大草原上，
都想遥望星空，
做好梦，骑骏马。

（三）手记：考察迪斯尼

早晨，去吃 6.99 美元的自助餐，
三年前是 4.99 美元，
食品价格蹦着高在变，
金融危机也影响到奥兰多景点。
一个导游原来每周可接两个华人团，
现在一个月才能凑齐一个团。
导游说，美国经济快挂了，
在过一个个难关。
四层公寓二百平米，
价格只有四十万美元。

到迪斯尼景区大门了，
我们的任务是考察项目，

只看不玩，迈开双腿，
把迪斯尼、环球影城7个园走遍，
从中将适合中国市场的游乐项目挑选。
先进大停车场，
换乘环保车进园，
94美元一张票，
外租一辆小电动车，
在动物王国沿着小路跑了一遍。

小山，赤道，植被，
一棵大树、一群小虫子的三D表演，
一会儿风，一会儿雨，
一会儿小虫成群飞到你眼前，
匆匆体验后又直奔暴风雪水上乐园。
高台水上滑梯下面是晶莹的大雪山，
山下清澈漂流的小河，
躺在救生圈上的老人、童孩，
孩子多灿烂，
老人笑颜开。
雪山下面的人们，
尽享阳光明媚的人造海滩。

中午打个盹，
又走上环球影城的电动步行道。
96美元门票，
比迪斯尼几个园的价还高。

5个区，20多个主题项目，
让你眼花缭乱，对得起那张门票。
五彩缤纷的商业街，
石塔下面的冒险岛，
大湖上呼啸翻滚的过山车；
垂直上下的电动塔，
高山入水的激流勇进，
身临其境的蜘蛛侠……
想抽烟，你只能到一个无名小岛，
哈利波特古堡，
吸引孩子们狂热发烧。

哈特维尔酒，好喝又畅销，
没有创意故事的项目没人看，
有电影情节的项目都走俏，
少年时的烙印必然会影响成年。
小商亭，玻璃屋，
咖啡馆，电影院；
不尽的人流，
不尽的创意领先。

（四）手记：亚利桑那图森项目

亚里桑那图森市，
Canyonranch 公司看医疗地产项目。
住宅、酒店、体检、食疗、药疗，

运动医疗于一体，
全美已建四个基地，
业务拓展到八个邮轮，
网络媒体也有很好关系。

世界五百强企业，
基地同医科大学合作紧密，
医学院高端专业人士指导、参与，
几十种疗法支撑养生度假中心；
骨科、基因、睡眠、心脏，
养生、医疗众多高科先进仪器，
迈阿密基地与地产结合有十万平方米。

客人在酒店先住一晚，
接受新的生活及医养方式。
树品牌，建模式，创产品，
市场需求潜在，
关键看谁能抓住市场机遇！

（五）手记：未来园

迪斯尼另外两个乐园，
由一条铁路相连。
西边的未来世界园，
有几十个国家的历史未来馆。
上小火车，坐大木船，
过了碧绿的大湖，

进入梦幻王国城堡，
这是迪斯尼乐园标准的1.0版。

老迪斯尼的铜像就立在这里，
玩的多是传统项目，
米老鼠、唐老鸭在商业街尽情地表演。
也有新项目在建，
让游客对老迪斯尼乐园的热情不减。
新人类很躁，很烦，
老项目没有新创意，新故事，
他们根本看不上眼。

在利滋卡尔顿酒店，
海洋世界的副总裁请我们吃饭。
大鲸鱼可以进中国吗？
全世界42个鲸鱼馆，
海洋世界公司占了四分之三。
还有海底动物的水族馆，
特别的动物乐园。
中国市场需要什么？可以选。

海洋世界要进入中国，
鲸鱼会不会死？
外方要评估作价保收稳赚，
大鲸鱼就是外方入股的资产。
见缝插针，
我们又看了奥兰多早期欢乐城的发展。

大湖边，小商业街，
奥兰多早期的商业地盘，
当年是那样火，今天是那么破，
原因是新的商业项目一个接一个；
环球影城落户在新区，
老区开始慢慢地衰落。
千里搭长棚，哪有不散宴？
竞争激烈的商业区，
也有走向衰亡的一刻。

（六）手记：迪斯尼休闲广场

信不信由你，
这是个展示奇人奇物的娱乐项目，
占地很少，在一个斜楼中营销。
都是世界上最奇特而又是真实的人和物，
双头羊，2.74米高的男人，
微缩很小的印第安人头，
一个个神奇的画面，
信不信由你，
由你去判断畅想。
小店是在大公司旗下，
12个产业，拥有吉尼斯大全的专利，
销售额高达美金75亿；
好一个多元化航母，
仅娱乐业就有十几种微型、高收入的项目。

真应好好谈谈合作,
设计共同发展中国市场的模型。

奥兰多的最后一站,
是到迪斯尼休闲购物广场转转。
这里没有游乐项目,
除了玻璃大球的广场标志,
全是餐厅、小商店和电影院。
广场边上是美丽的大湖,
飞天的热气球,
载着勇敢的人们的梦想。
那一个个小音乐广场,
民间歌手、琴师,
舞者在这里起舞弹唱,
每天吸引着大量的外国人,
青少年放飞灵魂和激荡的心房。

法国见闻 十二首

2013 年 7 月

（一）塞纳河边的楼与桥

巴黎的早晨,蓝天白云,
塞纳河还算清澈,
人工沙滩上簇拥着晒太阳的人群。

夜游轮船睡了，
一座座古典的楼醒了，
那都是世界文化遗产，
联合国教科文组织就在后面。

左岸咖啡馆，
几百年的历史，
流淌着文人墨客的香汗，
水面上映射着几百年的唇枪舌剑；
三十多个桥，
亚历山大三世桥、情侣桥；
一桥接一桥，
透着浪漫情调。

（二）开放的协和广场

协和广场是开放的，
路易十五为了看景八方不能阻挡。
八个仙女雕像，
代表着八个城市的方向；
从马赛，一直可以数到里昂，
方尖碑，埃及原本送两尊，
十几公斤黄金铸就碑尖，
美丽的图形，优雅的文字，
刻满了碑身。

世界所有天才的作品要属于法国，

小个子拿破仑曾经这样说过。
碑座原来放的是断头台,
路易十六为了让别人痛快死,
却给自己创造了先用的机会,
历史就是这样奇特。
广场那边的望多姆碑,
青铜战利品铸成,
墨绿的青铜天柱,
歌颂的是
创造了饱含契约精神的伟大法典的拿破仑。

(三) 街头上的浓咖啡

在卢浮宫旁的小街上,
要了一小杯浓咖啡,
像法国绅士一样,
拿张小报,静静地品着咖啡,
看着街头的景象。
100多年的老房子,
干干净净,飞檐雕刻,
还是那么高雅堂皇。

这里,可能住的是法国几代的贵族,
也可能是中东的世家亲王,
还可能有几户是中国的暴发户,
总之,他们是有钱、有头有脸的人,
要不,怎么能住在寸金之地的卢浮宫旁?

品着咖啡，吐着香烟，
飞着那么多联想。
大革命，断头台，
拿破仑，凯旋门，
还有那开放的协和广场；
议会大厅，拿破仑墓，
法兰西的三色旗在微风中飘扬。
人类呀，
一会野蛮，征战杀抢，
一会文明，五彩千年的艺术殿堂。

（四）巴黎城留给我的记忆

闲暇中，世界花都巴黎城，
留给我的记忆，
是那么五彩缤纷，
又是那么美丽、实用。
13区，高楼林立的中国城，
老华侨们创建，也有许多新富翁。

原本东南亚人多，
现在中国人占了上风。
脏乱差是全球中国城的恶名，
但13区却是现代、富裕的象征。
碧绿的公园，发达的服务业，
满大街的中文名。
没有臭水流淌的餐饮街，

不见针头线脑的小商品城,
新移民们,
生活得潇洒,奔放,轻松。

14区是大学生城。
全巴黎的大学生,多数住在这里,
还有各国政府投资的国际大学生城。
每年有3万多中国留学生,
为什么我们不能在地铁沿线,
建几栋可租可卖的公寓,
售租给大陆的家长和学生?
这里还有23公顷的蒙苏里公园,
是巴黎的一个肺叶,
一个绿色的生态系统。

塞纳河边,
是那么浪漫,那么有情。
夜晚,一艘艘游轮在流动的水晶中漫步,
在灵动的桥下穿梭,
每座桥都有她动人的故事,
每条船上,
都有萨斯管的乐声和各种舞步的踢踏声。

白天,岸上绿铁柜,旧报摊,
发黄的报纸,历史的照片;
街头画家的小油画,
琳琅满目,应接不暇。

政府在保护，文化在流失，
谁又在承传？

（五）喝啤酒的贝希庄

小巴黎的十二区贝希庄，
原来是老旧的葡萄酒窖和小作坊，
塞纳河的那边，
是冒着烟的拉法基工厂。
不知哪个地产商，
小拆大建，造出了一个全新的贝希庄。
酒窖改成了几十个啤酒坊，
三个酒店，几个写字楼，
还有一个好火的电影场。

河那边的工厂区，
改成了一个个工作室、几个大商场，
真像我们的798一样。
什么是大都市边上的小城镇模式？
什么叫城镇化中的产业平衡？
真该来学一学巴黎市郊的贝希庄。
这里没有行政指令，
只有产业重构的随时变化的市场。

（六）到巴黎乡下去1

7·14是法国国庆日，
香街[1]上人山人海。

到乡下去，走乡村小路，
看法兰西小城镇。
先过的是犹太人镇的大门，
中国人早已渗透到这里，
犹太人多数搬进了17、18区的富人中心。

许多大商业中心都建在郊区，
欧尚靠会员特价品发达了，
家乐福的一些老牌店却在关门。
西亚小镇以宜家店为核心，
配上其他商业激活了整个小镇。

人流拥挤，购物方便，
税收增加，就业充分。
比我们的奥莱还火，
因为她多了几种自助商业业态，
紧邻几条高速，
几公里外还有欧尚中心。

[注] 1 香街是指香榭丽舍大街。

（七）到巴黎乡下去2

过了西亚小镇，
是法国最大的汉吉斯农副产品批发中心。
占地4千多亩，建筑50万平米，
75亿欧元销售额，
冷链[1]交易设施，没有臭味脏河。

政府投资为主，
海陆空联运的物流，
发达的信息网络，
是法国巴黎的大餐橱。

法国是个产粮大国，
几千年来就没挨过饿，
生活的富足，才有了浪漫的性格。
高卢人是法国人的先祖，
罗马人统治了法国五百年，
雄鸡是法兰西的国鸡，
好斗而永不言败何缘浪漫之河？

雇佣兵制也有吸引力，
月入千五元，退伍后可移民法国。
巴黎卫城夏特尔市，
哥特和古罗马建筑风格的集合。
亨利四世在这里加冕，
开创了波旁王朝纪元；
传说圣母玛丽亚在此显过灵，
教堂就成为世界文化遗产。

[注] 1 冷链设施是指冷链物流，泛指冷藏冷冻类食品在生产、贮藏运输、销售，到消费前的各个环节中始终处于规定的低温环境下，以保证食品质量，减少食品损耗的一项系统工程。

（八）塞纳河游船

穿过阿尔马大桥，

塞纳河夜游启程了。
右岸是自由法兰西雕像，
左岸是埃菲尔铁塔。

一战时，铁塔作为发射塔，
雪铁龙为塔装备了照明。
塞纳河原是大动脉，
地铁开通了，
河道才有旅游的木船。

亚历山大三世桥，
为法俄联盟而造，
协和桥建于大革命，
河岸有许多公馆、荣誉博物馆，
曾有人在这里对拿破仑谋反；
奥赛博物馆，原是个火车站，
卢浮宫，大部分藏品来源历次征战。

右边是法兰西学院，
最初的巴黎建在西代岛；
左舷是最高法院，
哥特式巴黎圣母院，美丽壮观；
巴黎守护女神静静地守护着城市，
现代雕塑后面是路易十三的植物园。

1882年的市政厅，
两个十九世纪剧场，
仍透着当年的辉煌，

荣军院也是军事博物馆。
香榭区原是穷人妇女跳舞的地方，
今天已成为世界最富的街堂。

（九）法国中部夏斗湖

中部小镇夏斗湖，
距巴黎两个多小时的路，
相当于从北京到石家庄府。
一年半前曾去过，
今天再到夏斗湖，
情况面貌早已胜当初。
上次来时，
双方合作没有意向，没有规划，
定位也不清楚。

这次来了大不同，
战略定位、发展规划已确定，
与当地政府的投资合作协议已签署；
购买土地协议已完成，
古堡改建的项目指挥中心刚启动；
招商引资的标准、条件，
招商的目标、产业仍在谋划，
更精准的战略定位正在进行中。
感谢置业管理团队大量细致的工作，
开辟首创在海外投资的先河！

（十）从夏斗湖上 A20 高速

万里白云下，
我们驶在通往法国南部的公路，
一望无际的畜牧草原，
一座座碧海般低矮的青山，
图鲁斯热得像新疆的吐鲁番。
山谷一个个在眼前飞过，
没想到那么的遥远。

法兰西巴黎大区是洼地，
水位不高的塞纳河，
可以形成很大的运力。
中部是中央高地，
一个个翡翠山，
拼成了一个几百平方公里的翡翠盘。
连绵的小山脉，
放牧牛羊的山谷草原，
牧草、薰衣草，
一垛垛，一包包，
那能值几个钱？

在中国，这样的地早已变成度假地、别墅山。
可在法兰西，这样的山谷田园，
一直维持了几千年。
法国的产业难以一一参观，
香水、名牌、服饰，

汽车、飞机、核电，
污水垃圾发电，葡萄美酒庄园……
大革命，断头台，
拉慈拉雪芙公墓；
纽约自由女神像源于法兰西赠与，
只是在现代发展中，
美国才做了世界的董事长。

（十一）山顶古堡

山顶古堡一千年，东征十字红酒馋，
曾有骑士被处死，只因路易帝十三。

十九世纪重翻建，钢铁大王住此山，
酒窖挖出头白骨，"二战"居民藏身还。

古堡出让肥皂商，实际供饷抗德军，
战后转卖钢铁商，十年翻修又易主。

现主掌管十二年，山顶峡谷大麦香，
片片绿树翡翠浪，远方小屋起炊烟。

数完星星看月亮，静思神怡花香菌，
红云朵朵白云散，古堡遍地紫罗兰。

（十二）古堡随想

推开窗户，
一幅十八世纪的油画映入眼帘，

天空的云层，
透着白、灰蓝和红。
大地刚刚睡醒，公鸡刚在打鸣，
古云杉上的小鸟，
又唱起了美妙的歌；
对我们东方的客人，
表达了热情的欢迎。

山谷中熟透了的燕麦，
片片山林郁郁葱葱。
从草的露珠上没有看到太阳，
但小草的周边，
到处是粉绿花红。
古树几百年了，
见证了不同的主人，
经历了历史文明的演进，
经历了法兰西平静与大革命的雨雨风风。

吸一口甜甜的空气，
看一看人间仙境，
想一想人类休生养息的征程，
财富的夺取，种族的争斗，
高卢人，罗马人，
贵族元老，骑士平民，
为了权力、金钱杀杀打打了几千年，
还是要回到宁静的田园。

一幅历史的画卷,
你在画面中哪个位置?
来自田园里,回到农民中。

第五篇　国际感怀

第六篇　人生梦想

北戴河畅想 十八首

1979 年 7 月

1979 年 7 月，大学同学结伴九人到北戴河一游，大家团结、激情、兴奋，常常坐在沙滩上，时而听涛声，谈理想，谈天论地，激辩"九评"，时而诙谐自娱，引吭高歌。游玩中也常对当年众望之地北戴河的"围栏"现象抱怨不已。

（一）雨中栖身一线天

仰望老虎石，背倚一线天，
突然暴雨至，阻我在云间。
弓腰又驼背，无奈没把伞，
诅咒天老爷，莫把玉池翻。
抬头一线天，雨过云霞开，
乘兴寻古迹，落汤下联山。

（二）七绝·望联峰山

联峰山巅依亭台，为酬豪情观沧海。
飞腾云雾远望去，如粟归舟天际来。

（三）五律·西联峰山抒怀

郁郁联峰松，涛涛渤海浪。
吾等乘兴来，豪情煮三江。

魏武隽碣石，壮歌海沧桑。

我辈情尤烈，神舟正耿光。

（四）七律·雨中观海

东联峰山乌云翻，倾盆大雨盖山间。
青松别墅打渔船，一片汪洋都不见。

远处蒙蒙云翻覆，近处涛涛慨而康。
亭外相绕烟雾茫，雨中观海好壮观！

（五）五绝·宴海滨

群贤宴海滨，兴会不胜吟。
深情汇一语，携手共前进。

（六）五绝·奇观添奇观

夕辉照沧海，奇观添奇观。
无垠波更碧，搏海兴正酣。

（七）七绝·东山望海

极目望海浩无边，叶叶轻舟上青天。
日暖风和游人醉，鸽子亭下乐陶然。

（八）海边赠老叟

年逾古稀舞波涛，秋鬓不染壮心高。
堪称后生楷模辈，中华公民代代骄。

（九）傍晚赏海

夕阳西下红霞起，群贤痛饮甘露滴，
鲜味海蟹中国红，诸君举杯酣畅淋。
酒足饭饱来赏海，秦皇岛外筑金堤，
滩上同学笑风生，晚潮白浪拍岸急，
天边轻舟浪里行，听涛吟诗梦中情。

（十）五绝·鹰嘴石

驱车至东山，细看鹰嘴石。
挺身搏海浪，鹏程欲振翅。

（十一）七绝·畅游

碧海玉堤珊瑚礁，海风送爽浪滔滔。
君迎红日拨翡翠，胜过张顺浪白条。

（十二）游海泳

能观海阔死不休，井底之蛙究可哀。
搏击大海须放纵，无限奇观日边来。

（十三）登联峰山

极目幽燕，水与天相连，
横无际边，
谢徐风润雨，雾海云烟，
送我直上联峰山。
看秦皇岛外多壮观，

引无数中华儿女引吭高歌入云端。
惜秦皇涉海，北筑长城，
魏武挥鞭，北征乌桓。
少年欲展鲲鹏志，定建设中华，
环球楷模，为表人间。

（十四）七律·碣石行

少年常吟厦门行，寻访碣石辞帝京。
辉煌海港展新貌，万顷波涛依旧容。

北征乌桓魏武绩，南惩越寇吾辈功。
青天若随平生愿，神州何惧北极熊！

（十五）七律·蟹宴

头顶烈日脚踏沙，为品海蟹找渔家。
渔家少妇见客来，烧炭蒸蟹美味佳。

同仁就宴席地坐，开瓶开蟹开话匣。
珍贵镜头终生记，两鬓白时忆韶华。

（十六）游山海关

少壮得意越重山，妙哉登上山海关，
仰首看够帅字扁，连声道绝拜萧显。

千斤青龙偃月刀，明清刀戟和枪箭，
威远将军炮还热，八旗兵盔金光闪。

王嫱宝琴文姬像，珍贵文物一件件，
十万年前树化石，雄关英名不虚传。

（十七）游孟姜女庙

漫步登上青石阶，抬头看扁贞女祠，
凤凰山上姜女庙，庙后矗立望夫石。

乾隆御体石上刻，姜女静坐泪双至，
哭断长城十余里，忠贞抗暴为人师。

恨斥秦皇奇冤案，可赞姜女共夫死，
莫叹白玉沉沧海，叛逆性格常昭世。

（十八）观日出

小星照吾夜中行，三更登上鹰角亭，
解开风衣石上坐，为观日出沐海风。
东方渐渐鱼肚白，忽听游客欢呼声，
碧海蓝天金染赤，一轮红日徐徐升，
亲眼得见日出海，酬了夙愿谢天公。

难忘 1976　五首

1976 年 4 月—10 月

（一）七律·悼周公

紫禁城中云出门，紫禁城下云翻滚。

八百万人雷霆斗,叶枯花谢日月昏。
压民不如随民意,几人岂抵万众心?
千夫所指诛逆贼,哭问忠魂何处存。

(二)五古·赞句

心红如丹砂,志壮寄万家。
猛如下山虎,吼时裂山崖。
慈如生身母,为民乳汁出。

(三)五律·喜有词

十年离乱后,万众齐欢腾。
记事惊出见,甜蜜忆前景。
是来沧海事,伟人敲天钟。
可恨四人帮,坠入汪洋中。

(四)七律·雄鹰赞

文明古国飞严霜,雄鹰展翅现曙光。
云清雾散霓虹起,霹雳擒贼入罗网。

中华儿女大鹏志,再谱新歌更激昂。
斩去草中狸鼠患,搏击万里云中翔。

(五)七绝·惊春雷

人民领袖站出来,马列大旗既往开。
贼帮崩溃望旗抖,犹若苍蝇惊春雷。

教堂画中林

2004 年 2 月

牧草青山彩虹悬,蓝天碧空紫云飞,
万木青松耸云端,白羊群中见牧人。

灰瓦上面青烟起,教堂钟声撼人心,
幽幽曲径林中穿,林在画中画中林。

[注] 这是 2004 年 2 月访问英国一小镇时所作。

版纳悠然台

2009 年 4 月

悠然台真悠然,沧江绿树白风帆,
傣木屋布谷鸟,一夜美梦醉休闲,
谢老薄[1]绘诗画,真是不想把家还。

[注] 老薄是一个瑞士人,长期居住在版纳。改革开放后,老薄在版纳做起了休闲酒店生意,起名"悠然台"。酒店风格是傣族式,按照瑞士酒店管理,中西结合,很受外国游客的欢迎。

阿拉善生态协会——企业家的盛会

2009 年 10 月

2003 年 10 月在阿拉善参加中国企业家论坛时，曾构想组建一个 NGO 组织，发动企业家参与社会公益与环保，治理沙漠。当时的目标是 100 个企业、每年每个企业出 10 万元、连续 10 年，这样可以每年有 1 个亿的资金参与社会公益建设。2004 年刚成立时有会员 60 余个。

激动，喜悦，欢聚，
又有二十四名新会员入会了，
两百多名中国企业家组织起来做环保，
阿拉善同小岗村一同被评为共和国的地标！

沙漠中的梭梭林，
飞机播撒的青草；
生态的新社区，
牧民们的欢笑；
遍地开花的环保组织，
中国大地的恩吉欧（NGO）浪潮！

中国企业家觉醒了，
中国人将卷起环保风暴；
千千万万的企业家们，
将筑起绿色家园的一角！

把酒诉衷言

2010 年 4 月

2010年4月集团在怀柔召开金融工作会,此诗为会上所做。

> 青青祁峰茶,静静雁栖湖,
> 小鸟在歌唱,垂柳泛眼前。
>
> 上次划轻舟,俯首过十年,
> 风雨征程路,又回田园间。
>
> 策马关山过,斜阳已西偏,
> 仍怀少年志,把酒诉衷言。

看病难

2010 年 4 月

2010年4月10日岳父因病住院,从急救室到抢救室再到ICU,尽管有多方朋友和各种关系的帮忙,但仍感看病难,在医院中也亲眼看到了病人看病的艰难。

> 百姓看病难,不仅是缺钱,
> 挑灯席地坐,亲人排号难。
>
> 终得病室住,医生苦着脸,

高价药一堆，病检 N 张单。

上下跑断腿，家属忙不迭，
幸亏兄妹在，独子怎孝前？

谁知病人苦，无人写答案，
医疗应变革，公仆要当先。

上海昆山学习考察　三首

2010 年 5 月

2010 年 5 月 24—28 日北京市国资委组织北京市大型国企领导赴上海学习，期间在昆山考察公司的项目。

（一）崇明岛

踏上青青绿绿的崇明，
看着白云薄雾的天空，
白银大海的翠玉，
有一块那么美丽的湿地。

松绵的芦苇群，
清清的河流小溪，
红红的罂粟花，
还有那银铃般的候鸟声。

竹林边上的观海楼，
睡莲上的雀鸣渡；

小桥那边的观鹭台，
鲜花岛上的慢舞步；
长江河口的奇观，
大上海最后的处女坪。

（二）昆山思考

紧邻上海小昆山，自费开发二十年，
百强县中排首位，富以敌省改革先。

小康社会已到位，人民富足已实现，
不管风刮东西南，时刻不忘抓发展。

三讲之中不乱讲，少说多做保平安，
城乡八个一体化，保险覆盖全昆山。

解放思想抓创新，出国培训派百团，
服务窗口到企业，吃拿卡要请滚蛋。

发展事业干部干，创业企业能人干，
违法之事不能干，创意之作巧多干。

整体学习新加坡，技术发展学台湾，
抓住世界新潮流，敢于创新学韩国。

思想飞翔放眼量，不断发问思路宽，
听从北京看上海，实事还要自己干！

（三）七宝镇

上海城边七宝镇，浦汇塘桥摇橹声，
杨柳披烟看帆影，白房古色小茶亭。
青旗沽酒有人家，满街小吃叫卖声，
一笼灌汤蟹黄包，一杯含香好龙井，
多想亲人在身边，远望北斗看星星。

博鳌论坛忙中偷闲　二首

2010 年 7 月

（一）忙中偷闲

博鳌论坛忙偷闲，几个朋友乘游船，
踏浪登上玉带滩，粒粒金沙碧海兰；
三江交汇出蓝海，人生旅途苦中甜。

（二）静思

早晨，坐在酒店的阳台上，
静静地欣赏，欣赏那大海的风光。
云舒万卷，紫灰白蓝，
翠树青山，静卧海湾，
蓝蓝的海，上面飘着叶叶小船。
海边的丛林中，
还没有游人的踪影，

只有小鸟在唱个没完。

又要回到会场的人间,
讨论那人见人爱、也有人恨的房地产。
到底为啥?
不就是一个可以寻租,
可以让千万人获利,
可以传宗接代的私有财产?

人类呀,
你为啥不能像大海那样平静?
那样有胸怀?
人类呀,
啥时不再为争夺利益而打斗?
而不择手段?!
居者有屋,耕者有田,
让我们回到宁静的田园。

大柴旦的梦乡

2010 年 11 月

雪白泡馍羊肚汤,丝丝热气真叫香,
喝汤之时看大家,哪分小兵董事长。

个个狼吞虎咽相,官大官小都一样,
一万多人柴旦镇,那么宁静和安详。

白玉般的湖盐床,金灿灿的红太阳,
碧蓝色的柴旦湖,褐红色的大雪山。

孩童清晨读书声,读出青海新希望,
多美丽的大柴旦,是我永久的梦乡。

景洪野象谷 二首

2010 年 12 月

(一) 野象谷慢生活

红红的太阳懒洋洋的山,
软绵绵的白云清清的水;
啾啾叫的珍珠鸡,
胖乎乎的小黑熊;
黑黝黝的傣家女,
闲散散的哈尼小伙。

时间在这里并不重要,
舞步都慢了一摞。
打打牌,喝喝酒,
这就是边陲人的生活。
北京人来到这里也变了,
快节奏,挣命钱,
又图什么?
赤条条来,又赤条条去,

变傻点，变慢点，
真向往野象谷的慢生活。

（二）哈尼寨清晨看山

黎明前天还黑着，
我们已漫步在球场，
公鸡在打鸣，小鸟在歌唱，
天上有数不清的星星。
那颗最亮的是谁？
她怎么永远不睡？

一道白色的晨曦，
穿透水墨画般的薄云，
雪白的浓雾漂浮在山谷里，
看不见那艳丽的一品红。
傣人的清脆笛声，
划破了静静的夜空。

一幅雾散云开的画卷，
展现在野象谷山中。
多美的大渡岗，
多彩的哈尼寨！
清晨恬静的朝霞中，
我向往的安宁。

七绝·善行天下

2011 年 1 月

中国慈善协会在京召开慈善晚会，会上赋诗一首。

善行天下善者行，善行天下彩虹心。
点亮盲人彩心目，巧看电影听天音。

高山看雪

2011 年 2 月

山顶的小屋，
是那样的宁静，
两杯拿铁咖啡，
又是那样的香浓。
看着巍巍山脉，
吸着甜甜的空气，
想起了沁园春·雪的作者毛泽东。

千里冰封，万里雪飘，
原驰蜡象，银蛇起舞，
看江山如此多娇，
引无数英雄竞折腰。

我们不敢比泽东，
　　我们不是大英雄，
　　但我们也高山观雪，
　　也想挺进在银蛇顶峰。

［注］　此诗作于2011年2月参加中国企业家亚布力论坛。

五律·击涛人生

2011年4月

人在大浪湾，五脏六腑翻。
只想学鱼跃，哪知逐浪难。

才知江湖小，怎比海蓝天。
击涛万里去，人生荡百年。

葫芦岛沙滩回想　二首

2011年8月

（一）观礼台

走进万顷绿洲，攀上青岩绝顶[1]，
一览银海浩瀚，浪中点点风帆[2]。

人有千古英雄，山有亿年巅峰，
无垠大海沧桑，人类瞬间逐浪。

苍茫宇宙无穷，何苦计较争斗，
人生苦旅踱步，终是一缕清风。

[注] 1 葫芦岛生态环境保护得非常好。在朋友的帮助下，我们登上了位于高山顶的观礼台。这里山高凌绝顶，一片空旷的树林外即是茫茫的大海。

[注] 2 雾蒙蒙的天气使人只能看到远处点点帆影。

（二）叹沙滩

坐在无人的海滩，忆起三十二年前[1]，
那时还是穷学生，北戴河边批特权。

白色沙滩卫兵守，花园洋房都空闲，
满心都是均贫富，英英烈烈小少年。

那时"愤青"不畏权，只为公平享清闲，
如今独坐白沙滩，孤芳自由静思前。

想起少年凌云气，沐浴海风忆当年，
时代变来意识变，红酒更比烈酒甜。

[注] 32年前的1979年夏天，当时正值上大学期间，同学结伴到北戴河旅游。

无题

2011年9月

扬刀立马彩云间，彩云过后是硝烟，
浮图苦旅静思过，搁刀放马建家园。

悼念父亲 二首

2011 年 12 月

2011 年 12 月 27 日老父亲因病去世，终年 83 岁。父亲 14 岁入党，16 岁参加革命。1987 年离休。当看到父亲单位发来的通知，抚恤金是按照北京市每月最低生活标准发放 10 个月时，心里感慨万分。

（一）思父

家父革命七十年，清贫一生多磨难，
为党吃尽人间苦，临了看病社保钱。
横刀立马一辈子，积蓄仅为清贫闲，
人间真情知何在，毕生只种革命田。

（二）悼念父亲刘一夫

父亲走了，
是在风瑟寒冷的冬季。
没有痛苦，没有呻吟，
没有微声别语。
就这样，
慈祥的父亲，
走上了天堂之路，
去见上帝。

儿女们悲伤，
流不尽的眼泪，
可化作滔滔的江水，
抖动的心已破碎。

父亲，
一个忠厚老实的老人，
一个有 70 年党龄的革命者，
抗日抗战，大炼钢铁，
忠诚国家，敬业辛劳，
善良厚道，磊落光明。

父亲走了，
我们仍看见您那慈祥的脸，
坚实的背，
宽厚的身躯。
父亲去了，
儿女念您，想您，
您的慈爱比海深，
比艳阳红；
我们愿意在黑暗中拥抱着您，
愿您在天堂如意，
您永远活在我们心中。

大海的儿子

2012 年 1 月

节日期间，乘朋友的船出海。在船上，朋友讲述了他是海的儿子的身世，以及他发奋努力的人生，很是感人。

我是大海的儿子，
同海融在一起，
儿时看着星光，
摇着小木船打鱼归来，
用挣的钱交下学期的学费。

长大了，成材了，
坐罗曼蒂克号出海了。
天人一体，人海是一，
划着海浪，钓着海鱼，
拜着海上观音，
眼睛同蓝海的一刹那的结合，
最酷、最美！
我是大海的儿子，
我是大海养育的人。

除夕与朋友共聚晚宴

2012年1月

除夕夜,我们与多年的好朋友小万一家共聚晚宴,欢度春节。

名都日本铁板烧,两家家宴乐陶陶,
海胆鱼生甜梅酒,宝贝女儿是主角。

风风雨雨三十载,两代深情玉带桥,
家事国事相牵念,唇齿相依百年笑。

举杯互祝身体好,把盏共邀亲友涟,
龙年爱女大喜事,两家同喜助红颜。

又回亚龙湾 二首

2012年1月

(一)沙滩回想

二十年前亚龙湾,荒草茅屋白沙滩,
碧海深处清见底,蓝天斜映孤影帆。

二零一二亚龙湾,椰树半遮红顶繁,
鼎沸鼓乐涛声伴,欢歌雀跃晚霞滩。

（二）又回亚龙湾

苦苦乐乐又三年，静静回到亚龙湾，
涛声依旧白沙暖，青山不动海蓝蓝。
椰林吊床思过去，爵士乐下话海南，
古时流放异乡客，今朝开放奏凯旋。

青年来到亚龙湾，壮志凌云扬风帆，
中年来到亚龙湾，扬鞭策马写江山，
壮年来到亚龙湾，红缨换成高球杆，
人生旅途驿站多，青丝白发盖红颜。

写在 2012 情人节

2012 年 2 月

奢华的包厢里水晶灯炫耀着，
精美的油画静静地聆听着，
珐琅台的烛光一闪一闪地眨着，
剔透的香槟红酒芳香散发着。

墙镜中两对半百的夫妇畅谈着，
一个将军感慨地说：
莫斯科餐厅四十年没来了，
没想到儿子孝顺，
安排今天情人节，
在这里抒情，

在这里感怀!
另一个总裁动情地说:
从小就眷恋莫斯科餐厅,
没想到晚辈精心,
安排情人节父母派对,
在这里抚往,
在这里梦想未来!

过半百的年华,
半个多世纪的征程,
多少辛酸苦涩,
早已付之一笑间;
多少辉煌的光环,
也已融入海洋般宽阔的心田。
几十年的风风雨雨,
几十年的荣辱与共,
都在白发里红酒中;
还有万余个未来日夜,
还有美丽的黄昏时刻。
天下都是有情人,
愿天下情人情无限!

亚布力过生日

2012年2月

人生半世征途难，笑谈改革融雪山，
扬鞭策马斜阳至，红缨在手数关山。

元宵佳节共聚首，南巡纪念纵横谈[1]，
恰逢生日[2]众人贺，雪乡论道奏凯旋。

星夜赶到农家院，火树银花驱夜寒，
猪蹄血肠粘豆包，土鸡豆渣鸡蛋黄。

壶壶烧酒热雪原，杯杯啤酒思江南，
举樽想起杨子荣，三杯震吼威虎山。

克钢醉唱当年曲，敢掏心窝敢开涮，
一年最乐是今夜，都是情人情无限。

[注] 1 2012年2月中国企业家论坛在亚布力召开第十二届年会，本届年会的主题是"市场的力量——纪念邓小平南巡二十年"。

[注] 2 会议期间正赶上57岁生日，大家为我过生日。我欣喜赋诗一首，以谢众朋友。

附：贺晓光57岁生日　任志强

2012年2月中国企业家论坛亚布力十二届年会期间，任总为我57岁生日赋诗。

人生刚半世，激情更轩昂，
荣辱不需惊，成就自悠长。
岁月有春晓，红尘无虚光，
自将事业留，未来继辉煌。

晓华甲子生日聚会 二首

2012年3月

2012年3月30日朋友晓华甲子生日聚会。聚会开始，晓华的先生和晓华各说了几句感人的话，我将他们的话总结如下："一辈子的包容，一生的感情，一辈子的求真，一辈子的亲朋，一直伴我到老和死，我永远是你们的一盏明灯。"

聚会中我对来宾进行一个民意调查：晓华是个什么样的人？参加聚会的每个人都要用一句话概括你对晓华的认识和看法。参会朋友有树新夫妇、苏里夫妇、台湾朋友文宁和刘菲等。此诗根据民意调查而作。

（一）将军愿

三月樱花似云飞，
晓华甲子花簇梦相回；
将军筹划呕心血，
谢妻伴君幸福度一生。

精美菜单亦相桂，
宫灯熠熠伴舞影相随；
四十年梦弹指间，

高歌霄云萦耳心放飞。

（二）晓华赞

小林赞华二月花，
淡蓝信封任吾开话匣；
树新夸华大家气，
至真至诚至纯女豪侠。

刘菲誉华心海广，
外柔内刚晶莹白无瑕；
正义沉静苏里表，
坚毅温柔台岛文宁嘉。

小张朴实夸晓华，
美丽善良少有巾帼花；
树新先生柔心肠，
大男最怕小女认真话。

吾静无语做民调，
一个拥抱尽在不言中。
人生何有虚年华，
朋友亲人拥趸福一生。

附：晓华回复短信：

感谢大作。恰读一首古诗，借其语气改写之。

山之高，月之小，

月之小，何皎皎！
我之思，在远道，
至爱亲朋栩栩现，
我心涛涛。

朋友笑，明灯照，
朋友语，暖风摇。
朋友身边站，我心静悄悄。
任世事风风雨雨，
相知相携毕生笑。

阿拉善之歌

2012 年 7 月

阿拉善协会成立 8 年了，大家酝酿着为协会做一首 SEE 之歌，我激情满怀，写下诗句：

听，那来自阿拉善的宣言，
企业家们个个血气好儿男。
在沙漠中起誓，
用热血将治沙的火焰点燃。

看，我们胸佩 SEE 的徽章，
激情穿越巍巍的贺兰山，
用汗水和责任治理黄沙，
在梭梭林下实现我们永恒的誓言：

让枝叶伸向蓝天，
让孩童在绿洲言欢。

努力吧，企业家，
中华好儿男。
逝去的都将逝去，
逝去的多是尘烟。
我们拒绝迷途，
诺亚方舟不会搁浅！
这个地球需要改变，
我们的生存环境需要美丽的容颜。
做一个个无名英雄，
大地用青翠为我们加冕！

珍珠与往昔

2012年7月

2013年2月将是我和刘菲结婚30年纪念，这是珍珠婚。时逢刘菲生日，我赋诗一首回忆30年来的风雨幸福生活。

那是大学第一年，北戴河边写诗篇，
同玩同吃同闹海，点点滴滴记心间。
那是学海第二年，互相惦念酿甘甜，
心中萌生爱情意，林中有了红杜鹃。

那年暑期两地分，封封情书思红颜，
书海学涯日子里，红糖咖啡复习甜。
多少朗朗读书夜，共渡知学考试关，
土豆苹果拌沙拉，幸福伴随美初恋。

深入改革实验地，武汉坐上三等船，
调研江西农民苦，不忘偷闲登黄山。
原本留美去读研，立志报国进机关，
改革之初那几年，吃苦奋斗为家园。

月初没有保姆费，报刊撰文夜无眠，
夫妻双双拼著作，梦想"下海"去挣钱。
那时生活虽然苦，一家三口逐笑颜，
你持家来我拼搏，干过企业做过官。

从政经商三十年，跌宕起伏共进勉，
忙时寄去相思豆，闲时共饮甜甘泉。
苦时相携渡难关，顺时嘱我莫比攀，
岁月如梭珍珠贵，行走万里阅江山。

写在女儿的婚礼

2012 年 10 月

今天是女儿的婚礼，
满座高朋是一份最珍贵的情谊。
轻声的祝愿，

叶，相支在云里；
每一阵风过，
都相互致意。

你们要分担寒潮、风雷和霹雳，
你们要共享星光、雨润和虹霓。
心心相印，终身相依，
比翼双飞，永不分离。
用你们自己的智慧去创造未来，
并肩精彩地走过整个世纪！
你们对父母的孝心不能变，
依旧是一个好女儿、好儿子，
好媳妇、好女婿，
记住"常回家看看"这首歌曲。

花思　二首

2012 年 12 月

12 月的一天，一个做鲜花生意的朋友和我一起谈起了花的生产、消费过程和花的品性、鲜花的产业发展，兴致盎然。我写下此诗句，并以短信形式发给这个朋友，朋友看后非常高兴。

(一)

花有品性，花有风格，
花有节日，花有生命，

花有历史,花有文化。
用花抒情,用花言志,
用花育人,用花和家。
花有情感,花可表我中华文化,
有花有志,塑造美丽文化的国家。

(二)

知花养花赏花,修身养性齐家,
塑造中华民俗,美丽中国高雅。
南北大棚生产,产业就业发达,
美我小家大家,震撼全球佳话。

创业十八年感言

2012年12月

至2012年年底,我弃政从商、创业北京首创集团已历经18年了。回想18年的历程,心中感慨,赋诗一首,短信发给刘菲。

风风雨雨十八年,苦旅踱步走关山,
斜阳策马想驿站,怎料续走一线天!

走马苦茶甜咖啡,矛盾心潮逐浪翻,
多想回家做愚公,找回心中艳阳天!

热腾腾的感激,
还有那心底的千言万语。
婚姻是爱的结晶,
有糖果的甜蜜,
也有咖啡的回忆。
婚姻又是双方的契约,
爱情感天动地;
有温馨浪漫愉悦,
更有谦让呵护晓理。
爱情的果子熟了,
幸福的小巢已经建立!

想起女儿一生下来,
我们用双手把她托起;
想起当年我们写书时,
放在书桌上的她把稿纸尿湿;
想起她呀呀学语、读书留学,
独自竞聘在伦敦投行里;
想起她在剑桥湖畔,
同 Tim 相爱相遇。

克林顿在女儿的婚礼上说:
今天可以牵着你的手走红地毯,
是我今生最大的成绩。
还有一个中国父亲说过另一段话,
让人升起了敬意:

我一直想要一个儿子,
而不是一个女儿,
其实并不是我不喜欢你,
而是过去的 20 多年里,
我都不愿意想象你离开我的这一天,
这天我将失去我的一切!
但这一天还是来了。
来就来了吧,
这就是苦乐人生。

虽然你们已长大,
离开了父母筑就新家,
我还是那样高兴。
因为我有希望和真诚,
希望你们互爱互谅互敬,
像甘泉一样常送清凉的慰藉,
像山峰一样互相增加高度和威仪!

时时送去阳光,
刻刻沐浴春雨;
无论是贫困还是富有,
无论是健康还是病疾,
无论是挫折还是顺利,
都要一生一世忠贞不渝,
你们要永远站在一起!
根,紧握在地下;

三十六名同学聚在京郊的小镇，
揣着火热的心，
酿着似海深的情。

在那穷困的日子里，
感谢伟人邓小平。
我们脱了劳动的衣裳，
考进了大学，
成了当时的社会精英。
四年的寒窗，
四年的感情，
四年的唇齿相依，
影响了我们的一生。

弹指一间的人生，
策马激情走过一半的生命。
毕业了三十个年头，
相聚是那么激动，
想起了青年时的音容，
想起了英姿勃发的身影；
忆起了夜读的明灯，
忆起了互相帮助的深情。

黄金的三十年去了，
我们还有多少生命的旅程？
还有万余天、几十万个小时。
同学们，

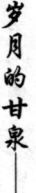

日月如梭，
时光飞逝，
奔向远方小站的车轮声，
向我们祝福，
向我们道珍重，
珍重健康，
珍重同学情！

第一次回乡　三首

2013 年 4 月

年近花甲的我，祖籍河北定州，但我出生在内蒙古包头。长这么大，我从来没有回过祖籍家乡，也不知家乡是什么样。恰逢假期，携姐姐、刘菲及几个朋友开车一起回故乡看看。

（一）我想爹，我想娘

今天，早早就起了床。
星星刚刚睡去，
东方发白，
已看到朦胧的霞光。
我在想爹，我在想娘，
我想今天回到从未回去的家乡。

上路了，
高速公路的车，
一辆接着一辆。

附1：和晓光"创业十八年感言"　　刘菲

　　风雨彩虹年复年，激情不息梦蓝天，
　　一线边锋多回旋，苦旅踱步未停鞭！

　　苍鹰劲翱群山巅，鸿鹄致远阔海天，
　　不悔当年凌云志，解甲更思夕阳闲。

附2：渔家傲·贺晓光58岁生日　　刘菲

　　五八过往似云烟，
　　岁月沧桑弹指间。
　　一腔热血梦蓝天，
　　激情现，雨潇风动未停鞭！

　　十八年为首创献，
　　沉浮奈何世凉炎。
　　热血豪志心中嵌，
　　待向前，永不言败励新篇！

附3：和刘菲"渔家傲"词并观团拜会有感　　汪洪[1]

　　雪霁风暖渐春天，
　　羽霓歌舞秀蹁跹，
　　十八磨难献集团；
　　折不弯，骄人业绩刻心田。

　　五八岁月战犹酣，
　　故人远去新人显，

辉煌需克百难艰；
剪不断，烂漫春花应无边。

[注] 1 汪洪为集团金融部总经理。在集团的春节团拜会上，我给大家念了刘菲写给我的58岁生日词"渔家傲"，会后，汪洪发来此诗，作为和诗一首。

寄语同窗

——写在大学毕业 30 年同学聚会

2013 年 2 月

回首三十四年前，风华正茂小青年，
怀揣梦想闯天下，心飞志远敢争先。

已过日午忆当年，历经沧桑激流险，
长缨策马关山过，风雨峥嵘艳阳天！

苦乐激情三十年，青山不动海蓝蓝，
人生苦旅轻踱步，甘露琼浆沧海涟。

珍惜大学手足情，同心互助走青山，
重阳百舸从头越，再扬生命赤橙帆！

同学情

这是冬天里的北京，
中家鑫园却热气腾腾。

中国人民富了，
但还是有免费的梦想。
河北大地呀，
那么纯朴，
没有新城镇，
没有科技走廊，
只有那小片的油菜黄，
成排的杨树墙。

不管怎样穷困，
不管怎样迷茫，
我想爹，
我想娘，
想我的根，
想我的家乡。

（二）回乡路上史文掠

一程程回乡的路，
让我想起了燕赵大地的典故：
涿州有北魏郦道元，
桃园三结义；
还有刘备，宋太祖赵匡胤；
乾隆下江南的第一站，
历史已有两千三百年。

过涿州进保定，

三千年前是我京畿重地。
战国建城池，
那是尧帝故里；
蒙太祖重建城廓，
北控三关，南达九省，
燕南大都会，雄冠中州奇，
从此有了"保卫大都，天下安定"的涵义。

定州古称中山国，
唐代文庙，开元寺塔，
开创宋代砖木结构最高古塔。
宋代雪浪斋，
东坡古双槐，
文化文物尽显章华。
汉音乐家李延年，
唐朝诗人刘禹锡，
宋代程颐程颢哲学家，
名家名人洋洋洒洒。
明代八角琉璃井，
清代贡院留法预备班，
现代教育家晏阳初，
闻名二程、金台、上谷三书院；
明朝州建府，
宋代岭南节度使，
崔护诗风精练婉丽，语意清新，
《题都城南庄》脍炙人口，

人面桃花不朽诗名。
"去年今日此门中，人面桃花相映红；人面不知何处去？桃花依旧笑春风"。

（三）第一次回到故乡

拜过定州古文庙，龙凤双槐东坡心，
定深路上高蓬镇，母亲祖籍七堡村。

大队支部找组织，寻根找到引路人，
宋家大院旧古宅，幸遇五伏表哥亲。

初摆家谱盘家事，革命出走无故人，
宋家大院残壁在，还有表哥宋济民。

北方落后小乡镇，村头麦田寻亲源，
赵庄镇上大定村，爷爷父亲故家园。

祖祖辈辈家财产，土地早已被分完，
为了革命身先士，怎想今日天地翻。

换了执政村官衔，支部大院邻里见，
爷辈永志热心肠，疾步领我进乡间。

长流不息沙河边，一块小地一小院，
那是祖屋根基地，曾住血脉我祖先。

如今沙河不复在，岂可奢望财产权，
寻根问祖了心愿，最有意义数今天。

提香梦吟 三首

2013 年 5 月

（一）好梦——提香

看着星星，想着月亮，
瞑瞑之中进入梦乡。
空气是甜甜的，
院子里静的没有一丝声音，
只有心在缓缓地跳响。

拂晓，东方刚泛白，
公鸡开始歌唱——你好，提香！
窗外望去，
玉兰，柳树，桃花，
还有那粉白色的海棠。
微澜荡漾的小湖边，
老人们静静地在放杆垂钓。

一座座托斯卡那小屋，
还在晨曦中睡觉；
那边是婀娜垂柳下的青青绿草，
这边是碧波倒映的弯月小桥；
那么多的树，
那么多的花红柳绿，

那么清新的空气,
那么潇洒的云卷云舒。

骑了一生的战马,
早该扔掉战袍和刀枪,
去掉商业的铜臭,
享受好梦的提香。
坐在湖边静思沉想,
一座好屋也是中国梦的一角,
让身心回归大自然,
也是一生奋斗的一朵芬芳!

(二) 提香细语

提香细雨落碧湖,凭栏窗前洒银珠,
烟雨蒙蒙杨柳绿,湖边伞下钓鱼翁。

户户清晨炊烟起,幢幢屋前海棠红,
鸡鸣星辰踪无影,不见天边太阳公。

一杯清茶一支烟,感慨静坐观雨亭,
风风雨雨四十年,跌宕起伏商海中。

策马征战不眠日,多想安居草屋中,
盖得广厦千万间,终有花园玫瑰红。

(三) 提香球场

乡村驿站美提香,朦胧数星看月亮,

破晓时分闻鸡鸣，红花绿树绕梦乡。
清晨背杆走草坪，粒粒白球飞梦想，
一杆打到天边去，莫等叶落绿草黄；
青山绿水等我去，携手老伴游四方。

写给刘菲 59 岁生日

2013 年 7 月

你，拉着我的手，
伴我走过 34 个春秋；
你，相携着我，呵护着我，
伴我走过跌宕起伏的从前。

你，站在我后面，
抚平我成功中的悲凉；
你，抚我之心，时时给我温暖，
帮我抵御冬天的冰寒。

你，给我欢乐，
越海翻山，不惧艰难；
你，将伴我一生一世，
一同走向黄昏，一同云游四方，
一同安度晚年，一同畅想百年。

湖边吟

2013 年 9 月

托斯卡纳小湖边，银光片片洒湖面，
远处钟楼声声脆，树上小鸟放歌欢。

柳枝婀娜垂青湖，一汪碧水似玉盘，
李子海棠山里红，家家户户起炊烟。

那边荷花粉如黛，这边胭脂饰红颜，
三两老翁垂钓乐，红花绿草美蓝天。

妈妈接送女儿三十年

2013 年 10 月

2013 年 10 月 12 日深夜，到机场接女儿。由于晚点，凌晨 0 点半钟飞机才到达。感慨父母之辛苦，写下此时的心情。

妈妈又去机场了，
去接那个即将而立之年的女儿。
多辛苦的妈，
从幼儿园到伦敦、香港，
接接送送三十年。

不管是大雨瓢泼、烈日炎炎，
还是狂风飞沙、三九严寒；
不管是在自行车的后椅中，
还是在轿车座前，
女儿坐在妈妈身边，
一坐就是三十年。

那时的妈妈，
大大的眼睛，长长的睫毛，
就像今天的女儿；
接送女儿三十年，
接着送着，已经快到甲子年。
那时满月的女儿，
妈妈用奶水把她养大；
呀呀学语的女儿，
妈妈拿着各种画片教她说话；
上学了的女儿，
妈妈一边教自己的学生，
一边辅导着她走在大学生的前面。

留学了、工作了的女儿，
又让妈费了多少心？
流了多少汗？
是什么精神让妈妈这样深情的接送，
因为是亲骨肉，
因为是血脉同源。

女儿是妈妈最心疼的心肝，
女儿是妈妈的未来。
接送女儿的辛苦，
就是爱女儿的甘甜。

雾霾反思

2013 年 10 月

又是一个看不透百米的下午，
厚厚黑灰的雾霾笼罩着我。
憋气，胸闷，头疼，
让人窒息，止不住的咳。
无处藏，无地躲，
真想一头扎进冰冷的河。

六百万的汽车尾气，
山西的煤窑，河北的钢铁水泥，
让北京上空成了灰黑的大锅。
这里有多少致癌物？
有多少人忍受着奇怪的病魔？
有毒的食品，被污染的水，
又加上口罩也不能阻挡的有害空气，
现代人为什么是这样生活？！

生存环境被破坏，

金钱的诱惑是万恶!
没有了蓝天碧水,
哪里还有美丽的祖国?
谁都不想这样走向死亡的呼吸,
谁都希望蓝天放歌,
谁都不想在病魔肆虐中生活,
谁都梦想生命长河!

但 N 个条件制约,
我不想呼吸又没辙。
雾霾什么时候能够散去?
GDP 什么时候能还原绿色?
我可爱的祖国,
期待层林尽染、天空湛蓝辽阔!

绍兴观兰亭与沈园　二首

2013 年 10 月

(一) 观兰亭

东晋一千六百年,书圣羲之写鸿篇,
鹅池碑中真迹在,献之练字水缸间。

兰亭绿茵青草茸,越王勾践种花兰,
曲水邀影挚友聚,流觞吟诗有遗篇。

羲之兰亭炙口传，情随史迁多波澜，
字字珠玑隽妙雅，酣畅写文幸福感。

一条小溪流杯转，泼墨挥毫艺精湛，
"之"字书法鹅引颈，文妙书绝震宇寰。

行书行楷康熙献，乾隆临摹显自然，
古碑"文革"巧伪装，兰亭聚讼千秋传。

（二）沈园

沈氏花园八百年[1]，陆游唐婉孤鹤轩，
枫叶初丹槲叶黄，河阳愁鬓怯新霜。

闲云野鹤慢生活，钗头凤[2]飞绝唱多，
悲欢离合游婉离，才子佳人泪成河。

[注] 1 沈园，又名沈氏园，位于浙江绍兴。沈园为南宋著名园林，内有陆游《钗头凤》题词。

[注] 2 沈园那首《钗头凤》记录了陆游和唐婉的凄美爱情故事。

胡杨颂

——纪念阿拉善SEE十周年

2013年10月

一种落叶乔木，胡杨，
一亿三千万年的生命流长，
彰显大漠英雄气场。

她遥溯古今，历尽坎坷，
目睹了亿万年自然与人间苦乐的沧桑；
她野奢野趣，怡情怡目，
从横逸竖扬、合抱粗的老树，
到不及盈握的纤细枝，
总有一抹生命的绿色，
默默点染着树梢；
她与命运抗争，
斑驳的枝杈是问天的艺术雕像。

她忍耐恶劣的气候，
不惧荒漠的干旱，
在沙漠中，
照样枝繁叶茂，优美粗犷。
春夏翠绿，深秋金黄，
冬天，虽然繁叶退去，
但干枯刺天的枝干，
照样气势雄伟，挺立张狂。
这，就是胡杨，
这，就是沙漠的脊梁！

我们的阿拉善 SEE 组织，
是多么像胡杨。
创建时枝叶稀松不多，
但走过了十年风雨，
会员的队伍一天天壮大；

如今，沙漠中的鼎沸人声，
是我们像胡杨一样的枝叶华盖，
像胡杨一样的呐喊坚强！

我们像胡杨，
耐干旱，挡风沙，绿环境，
造福人类，散发芳香；
我们像胡杨，
英雄树一千年不死，
死而一千年不倒；
我们像胡杨，
用挺拔的枝干，
昭示 SEE 组织的绿色理想！
我们像胡杨，
用绿色的生命，
装扮中华秀美的家乡。
让千千万万的沙海胡杨，
传播承载阿拉善人金色的梦想！

后　　记

　　我是一个爱记录、思考的人，大脑和身体都闲不住。在日常工作生活中，我喜欢把活生生、热腾腾、苦哈哈、甜丝丝的见闻、感悟用笔和纸记录下来，把人生的苦旅、岁月的彩虹用词、自由体诗和散文诗的形式积攒下来、表现出来，这就形成了今天这本诗集。这是我走入社会43年的生命激情记录，也是我灵魂的自白。

　　人常说，心有多大，舞台就有多大；心中有梦想，激情总飞扬。感谢这个大时代为我们创造了五彩缤纷的遐想空间，感谢这个伟大的改革年代让我们激情有释怀的舞台。

　　感谢与我并肩共事过的军旅战友、大学同学、首创和计委的同事们，感谢企业界与阿拉善协会的朋友们，没有你们的敬业所做出的成就，就没有本书中激发灵感的素材。

　　感谢陪伴我共同走过三十多年的妻子刘菲，她是我每首诗的第一个读者。本书中诗词和手记的汇集、整理、编辑，她付出了大量的时间和精力，特别是40

多年前的军旅诗都是她细心收藏至今。感谢女儿给我生活带来的无比欢乐和对诗集出版的独特建议。

刘晓光

2013 年 11 月 20 日